Adeline Dieudonné

Bleib

ADELINE DIEUDONNÉ

BLEIB

Roman

Aus dem Französischen von
Sina de Malafosse

dtv

Das Motto ist aus Jana Krejcarová = Černá: Brief an Egon Bondy, in: ›Totale Sehnsucht‹, aus dem Tschechischen von Martina Lisa, Kétos, Wien und Prag 2022.
Auf S. 22 wird zitiert aus Virginie Despentes: ›King Kong Theorie‹, aus dem Französischen von Barbara Heber-Schärer und Claudia Steinitz, Kiepenheuer und Witsch, Köln 2018.

FSC
www.fsc.org
MIX
Papier | Fördert gute Waldnutzung
FSC® C083411

Die französische Originalausgabe erschien 2023 unter dem Titel ›Reste‹ bei L'Iconoclaste in Paris.

Gesetzt aus der Scala
Satz: Fotosatz Amann, Memmingen
Druck und Bindung: CPI books GmbH, Leck
Printed in Germany · ISBN 978-3-423-28394-6

Meinem Vater Pierre

Ich habe es dir nie gesagt
Aber wir sind unsterblich
Warum bist du gegangen
Bevor ich dir das sagen konnte?
Dominique A., ›Immortels‹

Was, verdammt, soll das, dass Du nicht hier bist?
Was für ein Unsinn […]
Jana Černá, ›Totale Sehnsucht‹

ERSTER BRIEF

Mittwoch, 5. April 2022.
M. liegt hier, neben mir. Er ist tot.
Er ist tot.
Dies aufzuschreiben wird mir hoffentlich helfen, die Realität zu begreifen.

Ich betrachte die Wörter, entziffere sie, während sie unter meiner Hand Gestalt annehmen, schreibe sie erneut, will sie zu fassen bekommen.

Doch sie entschlüpfen mir, rutschen aus meinem Blickfeld, ich beginne von vorn.

Ich hätte Sie bereits gestern anrufen und informieren müssen. Doch ich tue es nicht.

Während ich diese Zeilen schreibe, wissen Sie noch nichts von M.s Tod. Darum beneide ich Sie.

9 Uhr 32. Ich habe auf seine Armbanduhr geschaut, dort, auf dem Nachttisch, wo er sie zurückgelassen hat.

Ich stelle Sie mir bei einer Baubesprechung vor. Oder an Ihrem Schreibtisch, beim Plänezeichnen.

M. spricht nicht oft über Sie. Sprach. Sprach nicht

oft über Sie. Aus einer Art Feingefühl heraus, nehme ich an.

Er hat Sie geliebt, daran gibt es keinen Zweifel.

Ihnen jetzt zu schreiben erlaubt mir vielleicht, von hier zu entkommen. Sie sitzen aufrecht vor Ihrem Computer, neben sich eine Tasse lauwarmen Tee – Sie haben vergessen, den Beutel herauszunehmen, er ist bestimmt bitter –, Sie zeichnen eine Garage, ziehen rote gelbe grüne blaue Linien auf dem schwarzen Bildschirmhintergrund. Sie sind ganz versunken in die Vorstellung von der zukünftigen Garage. Und Sie können darin versinken, denn in Ihnen ruht die Gewissheit, dass M. ein paar Kilometer entfernt umherläuft, dass seine Lungen sich weiten, zusammenziehen, dass sein Herz pumpt, es unter seiner Haut zuckt.

Ich strecke die Hand aus, lege sie auf seine kalte, reglose Brust.

Ich stelle mir vor, in Ihrer Haut zu stecken, in Ihrem Kopf, und ein paar Sekunden lang bin ich Sie, und ein paar Sekunden lang besteht mein größtes Problem darin, zu entscheiden, ob es ein Roll- oder ein Schwingtor für die Garage sein soll und auf welche Seite ich den elektrischen Schaltkasten setze. Ich nehme Ihnen damit nichts, denn ich lasse Ihnen Ihren Schreibtisch, Ihren bitteren Tee, Ihre Unwissenheit.

Ich muss aufstehen. Mich anziehen.

M. liegt neben mir und sieht aus, als würde er schlafen. Er ist nackt. Schon seit gestern Morgen. Ich glaube, ich gewöhne mich allmählich daran. Das ist sein neues Ich. Ich habe ihn geschüttelt, viel geweint, bin zornig geworden, habe ihn geohrfeigt, und dabei wusste ich, dass er tot war, glaube ich, ich bin nicht verrückt, aber die Wut hat mich übermannt. Warum hat er es da nicht rausgeschafft? Wie konnte er sich so gehen lassen?

Ich brauche Wein.

Das Chalet ist nicht groß. Ein Schlafzimmer, ein Bad, eine einfache Küche, die an ein verlebtes Wohnzimmer anschließt. Präparierte Forellen an den Wänden, Haken und Köder in staubigen Glasvitrinen. Ein Holzofen. Die Mauern verströmen einen Geruch von Salz, Kälte, Stein. Ich glaube, wir mochten den Ort wegen seiner Schlichtheit. Mochten es, unsere Zahnbürsten Seite an Seite auf das kleine Steinwaschbecken zu legen, die gleiche Musik zu hören, uns beim Tischdecken zu streifen, zu kochen.

Hier ist nichts. Und da hier nichts ist, ist hier alles, verzeihen Sie das Klischee, aber der Wald, der See, die Vögel, die Wildgräser, das ist alles. Wenn ich sage, dass hier nichts ist, will ich sagen, dass hier niemand ist. Niemand außer M. und mir. Ich weiß nicht, was er Ihnen all die Male erzählt hat, um seine Abwesenheit zu begründen. Ein Seminar, ein paar Tage mit Freunden, ein Schwimmkurs ... Wir haben nie darüber gesprochen. Er hat sich sicher geschämt, und ich mich auch.

Hier konnten wir uns einbilden, dass wir nie nach Hause zurückkehren würden. Dass wir hier gemeinsam alt würden. Ein Hund, ein paar Hühner. Wir wären uns selbst genug. Wir liebten diese Lüge. Und manchmal glaubte ich daran.

In Wahrheit bestand die Lüge in der Auslassung. Nicht, weil sie meine Tochter außen vor ließ – Nina ist schon groß –, sondern mein Bedürfnis nach Einsamkeit. Während der paar Tage, die wir hin und wieder abknapsten, gefiel es mir, dass M. in meinen Lebensraum eindrang. Aber hätte ich ihn das ganze Jahr über ertragen?

Ja, doch. Wahrscheinlich schon. Wir waren beide alt genug, um zu wissen, wie wir unseren Raum vor dem anderen schützten. Wir kannten uns gut genug. Vielleicht hätte es genügt, wenn ich mir neben dem Chalet eine Hütte gebaut hätte, mein Atelier, ein Zimmer für mich allein.

Was also verbarg diese Lüge eigentlich?

Bestimmt unsere Angst, dass unser bis dahin endloses Zwiegespräch abreißen könnte. Ein Zwiegespräch mit Wörtern, natürlich, und ein Zwiegespräch der Körper, der gierigen Körper, die sich gerade erst kennengelernt haben.

Die Angst vor der Stille des Überdrusses, des versiegenden Verlangens.

Und natürlich klammerte die Lüge Sie aus. Und Ihren Sohn. Und die Welt in Flammen.

12 Uhr 43 auf M.s Uhr, die immer noch auf dem Nachttisch liegt. Ich wage es nicht, seine Sachen anzufassen. Ich wage es nicht, auf sein Telefon zu

schauen, das auf dem Büfett neben dem Ofen liegt. Ich hätte Zugang zu seinem Leben. Zu seinen Nachrichten, zu seinen Accounts in den sozialen Netzwerken.

Wird alles mit ihm verschwinden? Wird seine E-Mail-Adresse gelöscht? Oder wird sie weiter existieren, wie ein verlassenes Haus, in dem berufliche Mailwechsel, ungelesene Newsletter, alte Rechnungen, Ihre Streitgespräche herumspuken? Ich weiß, dass Sie sich vor allem per E-Mail gestritten haben. Das hat M. mir anvertraut. Wenn Spannungen entstanden, sagten Sie nichts und führten die Diskussion schriftlich fort. Werden Sie diese Gespräche aufheben? Ich glaube, wenn es meine Geschichte wäre, meine Streitgespräche, meine Beziehung, wären diese Nachrichten für mich wertvoller als Urlaubsfotos, weniger falsch.

Ich habe Lust, sie zu lesen. Ich könnte überprüfen, ob das Bild, das M. von seiner Ehe gezeichnet hat, der Wirklichkeit entspricht. Vielleicht würde ich, wenn ich in sein Telefon schaute, einen ganz anderen M. entdecken. Vielleicht würde ich Schreckliches finden, abartige Videos, Kinderpornografisches, Katzenbabys, denen die Kehle durchgeschnitten wird. Man weiß nie.

Ihnen zu schreiben tröstet mich ein wenig. Ich habe das Schlafzimmer verlassen, ein Feuer angezündet, Musik aufgelegt. Nick Cave. Seine Stimme passt gut zur Umgebung, zum See, zu den grauen Wolken. Zu meiner weiten Strickjacke, dem Knistern des Feuers, dem Boden aus Steinen aus der Region. Alles ist stimmig. Ein echtes Klischee, wie in einer Werbung für ich weiß nicht was, für etwas, das mir scheißegal ist. Verdammt. Ich schenke mir noch ein Glas Wein ein. Aus der Flasche, die wir vorgestern geöffnet haben.

Heute ist mein Geburtstag. Na dann, alles Gute! Ich bin einundvierzig. Ich nehme an, dass irgendwo ganz unten in M.s Koffer ein kleines Geschenk für mich steckt. Aber ich denke lieber nicht darüber nach. Wann war Ihr Geburtstag? Was hat er Ihnen geschenkt? Hat er noch »Ich liebe dich« gesagt? Sie noch geküsst?

Morgen muss ich die Schlüssel zurückgeben. Morgen erwarten Sie ihn zurück. Morgen heißt es Abschied nehmen.

Ich könnte nun die Polizei rufen. Ich hätte sie gestern rufen können.

Ich konnte es nicht. Man hätte ihn mir weggenommen. Ihnen zurückgegeben. Und dann? Wenn er nicht bei mir ist, ist er allein. Er hätte die Vorbereitungen für die Beerdigung allein durchstehen müssen, man hätte ihn in einen Kühlraum gelegt, andere Hände als meine hätten ihn angefasst.

Allein in seinem Sarg während der Zeremonie, allein im Brennofen. Ich brauche keine Beileidsbekundungen, keine Asche. Ich bin nichts. Aber M.

braucht mich. Oder ich brauche es, über ihn zu wachen. Ich werde ihn nicht im Stich lassen.

Ich weiß, dass er bei mir zu Hause niemandem fehlen wird. Meine Tochter kennt ihn kaum. Meine Freunde genauso wenig. Das ist unwichtig, ich habe ihn allein geliebt, ich kann allein um ihn weinen. Aber ich kann ihn jetzt nicht im Stich lassen.

Das ist nicht Ihre Schuld, ich weiß, dass Sie alles Nötige getan hätten. Aber es wäre nicht genug gewesen.

Ich lege mich wieder zu ihm.

Seit ich M. begegnet bin, habe ich mich gefragt, wie es enden würde. Ich habe immer geglaubt, dass er mich verlassen würde, das lag in der Ordnung der Dinge. Oder ich würde jemanden kennenlernen. Der Klassiker. Jemanden, der liebend gern seine Rente mit mir teilt. Das hatte ich vor M. versucht. Die Rentenvorsorge hatte den Kürzeren gezogen. Romain. Auf dem Papier durchaus reizvoll. Er gab einen Schreinerkurs, und ich wollte schreinern. Er wollte ein Kind, ich hatte einen Bauch.

Romain war nett und sehr klug, seine Intelligenz hatte eine erotische Wirkung auf mich, aber das beruhte nicht auf Gegenseitigkeit. Er mochte es, mich herzuzeigen, er mochte meine kurzen Shorts, er mochte meinen Arsch. Nein, er mochte meinen Arsch nicht. Er war stolz auf meinen Arsch. Der lüsterne Glanz in den Augen seiner Freunde freute ihn. Ich war sein Arsch. Und die liebe Mutter seines Kindes. Aufmerksam, präsent, ja, aber nie genug. Niemals so ergeben wie seine eigene Mutter. Vorwürfe machte er mir keine, aber er versteifte sich, bekam vor Unzufriedenheit winzige nervöse Ticks, gefolgt von einem Rat, einem Vorschlag. Es gefiel ihm nicht, wenn ich mich mehr als nötig für meine Arbeit einsetzte. Ich bin Französischlehrerin. Er hasste es, wenn ich Schulausflüge begleitete. Seine Tochter, seine Frau, seine Freunde, am Sonntag sein Rugby, und das war's. Vier Freunde. Sie hatten sich im Kindergarten kennengelernt und nie wieder getrennt. Ich bewunderte diese Treue, diese Konstanz. Ein Trauerfall, eine Trennung, eine Alkoholphase, eine Depression, und alle nahmen sich ein paar Tage frei, packten den Lädierten ein und kamen hier rauf ins Chalet, um ihre Wunden zu lecken. Jackys Chalet. Jacky, Romains Patenonkel. Und somit ihrer aller Patenonkel. Gemeinsam war den vier Freunden der abwesende Vater. Der gegangen, nie gekommen oder tot war. Also hatte Jacky sie alle unter seine Fittiche genommen. Und er hatte dieses Chalet, diesen See.

Nach meiner Trennung von Romain bin ich mit ihm in Kontakt geblieben. Er ist auch den Ex-Frauen treu. Er hat Verständnis, hat schon so einige kommen und gehen sehen. Die Clique hat mich verstoßen, aber nicht Jacky. Dann hat er M. unter seine Fittiche genommen, fast ohne Fragen zu stellen, auch wenn M. nicht wirklich einen Vater brauchte.

Morgen muss ich ihm die Schlüssel des Chalets zurückgeben.

Morgen muss ich eine Entscheidung treffen.

Ich habe Angst vor dem Älterwerden. Das ist natürlich nicht besonders originell. Die Angst tauchte eines Tages auf, ganz überraschend. Ich hatte meinem Alter immer gelassen gegenübergestanden, hatte auf meine ersten Falten mit ziemlicher Gleichgültigkeit reagiert. War eher amüsiert, als ich in meinen späten Dreißigern ein paar graue Körper- und Kopfhaare entdeckte. Sie zu übertünchen wäre mir nicht in den Sinn gekommen. Gelassen und erhobenen Hauptes ging ich auf die vierzig zu, in dem Glauben, der Angst vor dem Alter durch wer weiß welches Wunder oder welche Weisheit entkommen zu sein.

Und dann, drei Tage vor meinem Vierzigsten, bei einem Abendessen bei einer Bekannten, erwähnte eine Frau in meiner Gegenwart einen Abend, den sie mit M. verbracht hatte, ohne zu wissen, wer ich für ihn war und er für mich. Sie erzählte mit einem anspielungsreichen Lächeln, wie M. und eine ihrer Freundinnen sich nähergekommen seien. Eine charmante junge Frau, Ende zwanzig, lustig, einnehmend. Es war nicht von Flirten die Rede, sondern von M.s Faszination, ich glaube, sogar der Ausdruck »triefende Lefzen« wurde verwendet. Ich entschuldigte mich unter dem Vorwand starker Kopfschmerzen und ging im Aprilregen nach Hause. Ich war außer mir, weil ich widerspruchslos zulassen musste, dass diese Frau M. so schlecht darstellte. Und außer mir, weil mich die Anekdote so getroffen hatte. Nicht sosehr der Gedanke, dass eine andere M.s Interesse wecken könnte, das passiert, und ich habe gelernt, mein Ego in dieser Hinsicht im Zaum zu halten. Es war das Alter der anderen. Zehn Jahre jünger als ich, sechzehn jünger als M. »Der große Markt der tollen Frauen«. Dort hatte ich einen Ehrenplatz, doch nun fühlte ich mich Richtung Ausgang geschoben – nicht von der jüngeren Frau, sondern von ihm und seiner Angst vor dem Älterwerden. Die er auf mich übertragen hatte.

An jenem Abend sah ich mich dieser Feststellung gegenüber wie einer von einem Wasserlauf unterspülten Straße. In drei Tagen wäre ich vierzig Jahre alt, ich stand am Rande eines Abgrunds, zugleich erschöpft und erschrocken, und fragte mich, wie ich ihn zuschütten sollte. Ein Teil von mir versuchte es vergeblich mit: »Verlass ihn, er ist das Problem, oder er hat das Problem, warum solltest du es zu deinem machen?« Aber ich wollte M. nicht verlassen. Ich dachte, ich würde mit dieser Angst leben können, diesem Damoklesschwert über mir. Eines Tages würde M. sich eine jüngere Geliebte nehmen. Noch eine letzte Runde auf dem Karussell, danke und auf Wiedersehen.

Wie leben Sie damit? Wissen Sie, dass er Sie nie verlassen wird? Nun, dass er Sie nie verlassen hätte? Denn das war wirklich so. Und es war mir recht, ich glaube, das sagte ich schon, ich weiß es nicht mehr.

Da hingen Worte zwischen uns in der Luft, die wir nicht mehr aussprechen mussten: »Leicht zu tragen und stark zu spüren.« So definierten wir unsere Verbindung, hatten daraus eine Art Devise gemacht oder ein Versprechen, das wir uns bei Camus geliehen hatten, oder bei René Char, ich weiß es nicht mehr. Der eine schrieb dem anderen: »Je älter ich werde, desto fester glaube ich, dass wir nur mit Menschen zusammenleben können, die uns befreien, die uns mit einer Zuneigung lieben, die leicht zu tragen und dabei stark zu spüren ist. Das Leben von heute ist zu hart, zu bitter, zu kräftezehrend, um hinzunehmen, dass uns diejenigen, die wir lieben, weitere Zwänge auferlegen.«

Wie spät ist es? Die Sonne erdrückt den See. Vor ein paar Minuten kam eine Herde Esel vorbei, um zu trinken. Ich frage mich, ob sie jemandem gehören. Werden sie zu einem bestimmten Zweck gezüchtet? Werden sie gegessen? Als ich klein war, erzählten mir meine Eltern, dass Bündnerfleisch Eselfleisch sei. Ich glaube, damit ich mich nicht mehr so über die Wurstplatte hermachte. Ob es funktioniert hat, weiß ich nicht mehr. Mit Sicherheit. Bestimmt habe ich an ›Cadichon – Erinnerungen eines Esels‹ gedacht und bin zu Pistazien übergegangen.

Eine Elster hatte sich auf den Nacken eines der Esel gesetzt und pickte Parasiten aus seiner Mähne. Der Esel machte den Hals lang, er schien es zu genießen. Dann flog die Elster weg, und der Esel sah ihr nach, geradezu traurig, als ob er sich verlassen fühlte. Ob sie sich kennen? Entlaust sie ihn regelmäßig? Haben sie eine gemeinsame Sprache? Zieht sie ihn den anderen vor?

Ich höre den Schrei eines Raubvogels. Ein Bussard, ein Falke, ein Adler? Ich weiß nicht, was in diesen Bergen lebt. Ich kann ihn kreisen sehen, zu weit oben, als dass ich ihn identifizieren könnte. Obwohl ich auch dann, wenn er auf meinem Arm landen würde, einen Falken nicht von einem Bussard unterscheiden könnte. Vielleicht ein Steinadler.

Ich schaue auf meinem Telefon nach, wie spät es ist, ins Schlafzimmer traue ich mich nicht mehr so recht. Nachher werde ich hineingehen, um neben ihm zu schlafen. Es gibt hier kein Netz. Selbst wenn ich die Rettung hätte rufen wollen, hätte ich es vielleicht nicht gekonnt. Aber ich habe es nicht versucht.

Habe ich Ihnen schon gesagt, dass ich ihn gebadet habe?

Er liebte es zu baden. Das war gestern Nachmittag. Er war so kalt, ich wollte ihn aufwärmen. Starr war er noch nicht. Ich hatte ihn zurück ins Chalet gebracht und dabei mit seinem Gewicht und meinem Kummer gekämpft. Ich weinte pausenlos, hatte Mühe, Luft zu bekommen. Heute habe ich Muskelkater in den Armen, Schultern, Oberschenkeln. Ich zog ihn vom Strand, meine Unterarme unter seine Achseln geschoben. Sagt man da überhaupt Strand? Ab wann ist ein Uferstreifen ein Strand? Irgendwann schaue ich das nach. Auf jeden Fall der schmale Streifen Kies, wo der See angespült wird. Eine dumme Formulierung ... Der See wird nicht angespült. Er nicht.

Mir wird klar, dass ich Ihnen alles durcheinander erzähle. Ich schreibe, wie es mir in den Sinn kommt, weil ich nicht weiß, was ich sonst tun soll. Und weil ich mich Ihnen nun verbunden fühle. Machen Sie sich vielleicht schon Sorgen? Ich hoffe nicht. Ich hoffe, dass Sie vertrauensvoll einschlafen – morgen Abend kommt er nach Hause –, dass Sie noch eine Nacht mit ihm haben, auch wenn er nicht da ist, mit der Gewissheit, dass er Teil Ihres Lebens ist. Die Flasche Wein habe ich geleert. Ich träume von einer Zigarette.

Ich glaube, ich habe mich geirrt. Was den Grund betrifft, warum ich Ihnen schreibe. Ich habe geglaubt, dass es ein Mittel wäre, um jetzt und hier, in diesem Chalet, dem Schmerz zu entkommen, M.s Körper, der auf dem Bett liegt. Indem ich Ihnen schreibe, so habe ich geglaubt, würde ich in Ihre Haut schlüpfen, in Ihren Zustand der Unwissenheit. Mit Ihren Augen sehen, berühren, was Sie berühren. Ist es nicht das, was ich mir insgeheim gewünscht habe, seit ich M. begegnet bin? Jede Nacht neben ihm schlafen, seine intimsten Handlungen kennen, seine täglichen Routinen, wissen, wo er beim Nachhausekommen die Schlüssel ablegt, wie er Ihren Sohn umarmt, die Einkäufe wegräumt, wie seine Stimme klingt, wenn er einen Termin beim Arzt vereinbart ... Ich weiß nicht. Diese Details zu kennen hat einen Preis. Gerne hätte ich Zugang dazu gehabt, alles über M. erfahren, ohne ihn jeden Tag sehen zu müssen. Sie könnten das Gleiche sagen. Ich kenne einen anderen M. als Sie. M. in seinem Kostüm des untreuen Ehemanns. Das ist so gewöhnlich, Verzeihung. Aber darum geht es mir. Ich habe mich geirrt, ich schreibe Ihnen aus Liebe. Nicht aus Liebe zu M., obwohl, das wahrscheinlich auch.

Sondern weil ich Sie liebe. Auf jeden Fall würde ich mir das gerne einreden. Das ist seltsam, ja. Die Leiche seines toten Liebhabers zu behalten ist seltsam, zu lieben ist seltsam. Ich bin seltsam, voilà. Ich liebe Sie also. Oder würde es mir gern einreden. Was soll diese Sache mit der Konkurrenz? Wir sind keine Rivalinnen. Sie hätten das vielleicht nicht so gesehen, und das ist der Grund, warum M. Ihnen nie von mir erzählt hat, aber ich kann Ihnen sagen, dass es zwischen uns keinen Wettbewerb gibt, ich habe Ihnen nichts weggenommen. Das würde ich mir gern einreden. Und ich liebe Sie, ohne Ihnen begegnet zu sein, weil M. Sie geliebt hat. Und ich zeige meine Liebe durch diese Worte, weil seine Worte für Sie liebevoll waren. Das würde ich mir zumindest gern einreden. Eigentlich habe ich keine Ahnung. Ich habe keine Ahnung, was Sie gefühlt haben, als der Mann, den Sie lieben, der Ihnen alles versprochen hat, mit dem Sie sich tausendmal im Arm gehalten haben, mit dem Sie entschieden haben, ein Kind zu bekommen, dieser Mann, der beim Anblick Ihres Körpers vor Glück geweint haben muss, was Sie gefühlt haben, als er anfing, Sie beim Vornamen zu nennen, als sein Blick stumpf wurde, als Sie endlich verstanden haben, dass ein Teil Ihrer gemeinsamen Geschichte zu Ende war, oder tot, oder, um einen optimistischeren Ausdruck zu verwenden, sich gewandelt hatte. Liebesbeziehungen wandeln sich, da bin ich sicher, aber sterbendes Begehren ist sterbendes Begehren. Punkt.

Der See hat keinen Namen. Er wird der obere See genannt, um ihn von seinem Bruder, dem unteren See, zu unterscheiden. Der untere See ist größer. Jacky züchtet dort Forellen für die Angler, die in der Urlaubssaison auftauchen. Er war es, der mir das Angeln beigebracht hat, und ich habe es geliebt. Stundenlang den Korken auf der Wasseroberfläche beobachten. Insgeheim hoffen, einen Hecht zu fangen. Jacky sagte, dass es im See etwa zehn geben müsse. Wie gern hätte ich sein Gesicht gesehen und das von Romain und all den anderen, wenn ich einen herausgezogen hätte. Abends aßen wir, was wir gefangen hatten. Die Forellen schmeckten nach Schlamm. Jacky hat mir auch gezeigt, wie man sie tötet, öffnet, ausnimmt.

Er führt das Seehotel. Über Namen zerbricht man sich in der Gegend nicht den Kopf. Und tatsächlich, wenn vom Seehotel die Rede ist, wissen alle, was gemeint ist. Ein großes Haus aus Stein und Holz, drei Stockwerke hoch. Im Erdgeschoss die Rezeption, das Restaurant, der Laden für Anglerbedarf, ein Stockwerk mit Zimmern und ein Schlafsaal unter dem Dach. Vor dem Hotel führt ein Holzsteg bis zur Mitte der Wasserfläche. Die genaue Fläche kenne ich nicht, und ich bin schlecht im Berechnen, ich schätze, dass er so groß ist wie eineinhalb Fußballfelder, aber das ist sicher Unsinn. Ich denke mal, dass Sie es wissen würden. Eine Architektin weiß solche Dinge, oder? Warum übrigens wird alles in Fußballfeldern gemessen?

Das erste Mal war ich vor achtzehn Jahren hier, ich war mit meiner Tochter schwanger, wusste es aber noch nicht. Ihr Vater wollte mich Jacky vorstellen. Ich sage »mich Jacky vorstellen« und nicht »Jacky und mich vorstellen«. Die zweite Formulierung geht von Gegenseitigkeit aus, aber es gab keine. Romain war stolz, als würde er eine Trophäe präsentieren oder einen Orden, den er sich auf dem Schlachtfeld verdient hatte, und ich war stolz, diese Trophäe zu sein. Jacky hatte diesen bewundernden Blick, ein wenig verblüfft, und ich merkte, wie Romain sich freute. Ich hatte den Mund noch nicht aufgemacht, das war unnötig. Eine kurze Jeanshose, sexy, aber nicht übertrieben, über schlanken Beinen in Cowboystiefeln, dazu ein kurzes, weit geschnittenes T-Shirt, schlichtes Make-up, ein gesunder Teint, ein ebenmäßiges Gesicht, auf dem häufig ein Lächeln zu sehen war. Ich war hübsch, bescheiden, sympathisch, weder nervig noch hysterisch, ich wusste, wo mein Platz war. Ich war, was von mir erwartet wurde. Das hört sich verbittert an, dabei bin ich es in Wirklichkeit nicht mehr. Nicht einmal wütend. Die Jahre mit Romain waren Jahre des

Verblassens. Wenn ich freundlich darüber sprechen wollte, würde ich sagen, dass ich in meinem Inneren einen dicken Samtvorhang aufgehängt habe, hinter dem ich meine Bedürfnisse, meine Ambitionen, meine Kreativität versteckt habe. Hinter dem ich verschwunden bin. Wenn ich härtere Worte finden müsste, würde ich von einem Kerker sprechen. Ich habe mir lange vorgeworfen, dass ich das ertragen habe. Romain war kein gewalttätiger Typ, ich hätte gehen sollen.

Er war vier Jahre alt, als sein Vater seine Mutter Hélène verließ. Die übliche Geschichte eines Kerls, der schon von Anfang an kaum präsent ist und eines Tages eine andere heiratet, eine andere Familie gründet. Hélène musste allein mit Romain und seiner Schwester Annabelle zurechtkommen. Jacky, der beste Freund des Vaters, sicher ein wenig verliebt in sie, unterstützte sie. Er half ihr, eine Stelle als Verkäuferin in einem Modegeschäft zu finden, brachte ihr das Fahren bei, damit sie ihren Führerschein machen konnte. Er war immer zur Stelle, loyal, verlässlich. Romain hat mir erzählt, dass er jeden Sonntagnachmittag mit Lebensmitteln für die Woche auftauchte, kleinen Geschenken. So war es ein paar Jahre lang gegangen, bis er Liliane traf. Sie hatten geheiratet und dieses Hotel gekauft, weit weg von Hélène. Aber Jacky hatte den Kontakt zu Romain und Annabelle, die inzwischen große Teenager waren, immer aufrechterhalten. Als hätte Jacky sich erst erlaubt zu gehen, als sie alt genug waren. Oder als hätte er selbst diese Zeit gebraucht, um zu verstehen, dass Hélène ihn nie so lieben würde, wie er es sich gewünscht hätte.

Wenn wir hier oben waren, stand M. früh auf, um schwimmen zu gehen.

Der See ist nicht, wie der untere, nur eine einfache Senke. Er ist fünfzig Meter tief und kegelförmig. Die Legende besagt, dass die Tränen des Teufels ihn so geformt haben. Romain hat mir diese Geschichte erzählt, als ich das erste Mal mit ihm hier war. Er hat gewartet, bis es Nacht wurde. Es war kalt, wir hatten uns, in eine Decke gekuschelt, ans Ufer gesetzt, die Füße im Wasser. Wir teilten uns einen Joint. Romain hatte sich hinter mich gesetzt, seine Beine um mich geschlungen, mit der Hand, die nicht den Joint hielt, streichelte er meine Brüste. Er trug eine dünne Hose und ich konnte seine Erektion an meinem unteren Rücken spüren. Seine Freunde übernachteten unten bei Jacky, im Seehotel, im Schlafsaal unter dem Dach. Das kleine Chalet war für uns reserviert, die frisch Vermählten.

Der Joint knisterte ein paar Zentimeter von meinem Ohr entfernt.

»Es wird erzählt, dass der Teufel eine Tochter hatte. Eine schreckliche und schöne Kreatur, halb Frau, halb Ziege. Wie der Teufel stand sie aufrecht auf ihren Hinterbeinen, ihr Oberkörper und ihre Brüste waren nackt, ihr Haar struppig, ihre Augen schwarz. Sie lebte glücklich hier in diesen Bergen. In dieser Zeit lebten die Menschen friedlich, der Teufel quälte niemanden, erfüllt von der Liebe zu seiner Tochter. Er hatte sie gewarnt: ›Du kannst in diesen Bergen überall hingehen, dich mit dem Murmeltier, dem Steinbock, dem Raben, dem Luchs anfreunden. Aber du darfst nie in die Nähe der Menschen gehen.‹ Die Kleine wuchs dort oben auf dem Gletscher auf, sie kannte jeden Fels, sprach die Sprache der Blumen und Insekten, schwamm mit den Ottern, hatte gelernt, sich zu verstecken. Eines Tages jedoch erblickte sie einen Hirten und verliebte sich. Sie beobachtete ihn mehrere Wochen lang aus der Ferne, verborgen hinter einem Felsen. Schließlich wagte sie das Verbotene. Eines Morgens, als der junge Mann in der Sonne saß und über seine Herde wachte, ging sie lautlos auf ihn zu, aufgerichtet auf ihren Hinterbeinen …«

»Und der Hund des Hirten hat sie gefressen!«

»Nein.«

»Er hat das Dorf zusammengetrommelt, sie haben sie mit Fackeln und Mistgabeln über alle Berge gejagt und verbrannt?«

»Oh, du bist blöd, nein. Er hat sie abgewiesen und sie hat sich umgebracht. Also, der Teufel setzte sich auf diesen Felsen hier und weinte viele Tage lang, bis dieser See entstanden war.«

Er hatte aufgehört, meine Brüste zu streicheln, seine Erektion war verschwunden.

Ich sehe vor mir, wie Romain und ich da am Seeufer sitzen, als wären die achtzehn Jahre, die seit dieser Szene vergangen sind, so durchlässig geworden wie Dunst.

Das dunkle Wasser ist von einem Strand aus hellen, aschgrauen Kieseln gesäumt, drum herum die Zacken der Berge, die den Himmel zerreißen. Gestern fand ich das schön, majestätisch, poetisch, was immer Sie wollen. Heute erscheinen sie mir bedrohlich, finster, von einer bösen Macht beseelt.

Gestern Morgen habe ich gespürt, wie M. wach wurde. Er küsste mich auf den Nacken, umarmte mich. Sein Körper am Morgen erschien mir beinahe fremd, so selten waren die Nächte, die wir gemeinsam verbrachten. Ich war an seinen Körper am Nachmittag gewöhnt, fest und frisch. Nach dem Aufwachen entdeckte ich seinen warmen, von der Nacht weichen Körper. Sein Atem war belegter als sonst. Mir gefiel dieser neue M. sehr. In solchen Augenblicken war ich vielleicht ein wenig eifersüchtig auf Sie. Und ich nahm es ihm beinahe übel, dass er den Morgen stets abkürzte und schwimmen ging. M. lässt sich selten Zeit. Als wäre er sich einer Dringlichkeit bewusst, die mir entgangen ist. Wenn der Abend schön ist, kann ich in zeitliche Abgründe stürzen, vergessen, dass es ein Morgen gibt, und bis zum Sonnenaufgang, bis zur Erschöpfung reden, tanzen, lachen. M. hält sich nie lange mit etwas auf.

Ich ignorierte seine Berührungen, wollte noch ein bisschen schlafen. Er küsste mich ein letztes Mal, zog seine Badehose an und verließ das Zimmer. Ich ließ die Augen geschlossen, schlief wieder ein. Vielleicht noch eine halbe Stunde, ich weiß es nicht ... Dann stand ich auf. Für gewöhnlich schwamm er eine gute Stunde. So hatte ich Zeit, das Frühstück zu machen. Kaffee, ein paar Stücke Käse auf einem Holzbrett, Brot. Manchmal weich gekochte Eier. Ich habe nicht gleich zum See geschaut. Ich öffnete den Kühlschrank, arrangierte den Käse. Ich erinnere mich nicht genau. Aber ich weiß, dass ich die zwei Weingläser spülte, die wir vor dem Zubettgehen neben die Spüle gestellt hatten. Ich säuberte M.s Glas, ohne zu wissen, dass ich den letzten Abdruck seiner Lippen auslöschte.

Ich würde alles dafür geben, wenn ich mein Leben in diesen paar Sekunden hätte anhalten können. Als es selbstverständlich schien, dass M. gleich hereinkommen würde, sich mit einem Handtuch durch das Haar rubbeln, unter die Dusche gehen und etwas Trockenes anziehen, mich dann küssen und sich nach meiner Nacht erkundigen würde – ob ich gut geschlafen hätte, welche Musik ich hören wolle? –, sich vor seinen Frühstücksteller setzen würde, anbieten, Eier zu kochen, wenn ich eins wolle. Als das alles ganz natürlich war. Wie ein reiches Gör, das sich nicht vorstellen kann, die Winterferien woanders zu verbringen als auf der Skipiste. Das war normal, ich glaubte nicht, dass es anders sein könnte. Irgendwann beim Tischdecken warf ich zerstreut einen Blick zum See. Zuerst sah ich M. nicht, weil ich nach einem Körper in Bewegung Ausschau hielt. Meine Augen suchten die Wasseroberfläche ab, mir kam der Gedanke, dass er vielleicht einen Spaziergang machte. Dann erblickte ich die reglose Masse. Erst nach ein paar Sekunden begriff ich, dass es M.s Rücken war, sein Gesicht lag im Wasser. Ich weiß nicht mehr, ob ich geschrien habe. Ich ließ die Teller fallen, die ich gerade auf den Tisch stellen wollte, stürzte zur Glastür hinaus. Als ich über die Steine am Ufer rannte, schnitt ich mir die nackten Füße auf, den Blick starr auf seinen Rücken gerichtet, ob er sich nicht doch bewegte, dann tauchte ich ins Wasser, schwamm hinaus, viel zu langsam, ich bin eine schlechte Schwimmerin. Ich hoffte auf einen bescheuerten Streich, das würde ihm ähnlich sehen. Eine schwache Hoffnung, tot geboren. Ich wusste es bereits. Ich gelangte zu ihm, drehte ihn um. Er war eiskalt wie das Wasser des Sees. Graue Haut, fast schwarze Lippen. Ich zog ihn ans Ufer. Dort spielte ich eine Rolle, wie ich es Tausende Male in Filmen gesehen hatte. Das Ohr an die Brust legen, die Finger an den Hals. Da war nichts mehr. Ich sah mir von außen dabei zu, wie ich die üblichen Handgriffe machte. Sie mussten gemacht werden, das war in so einer Situation das Standardverfahren. Vitalfunktionen überprüfen, Herzmassage, Mund-zu-Mund. Als Lehrerin war ich verpflichtet gewesen, einen Erste-Hilfe-Kurs zu machen. Aber ich wusste, dass er nicht mehr lebte. Ich hatte diesen Körper zu oft gestreichelt, war zu oft mit ihm gekommen, hatte ihn zu oft angesehen, ihn zittern, lachen, schlafen, atmen gespürt, um nicht zu sehen, dass er nicht mehr lebte. Er war zu grau, zu kalt. Aber ich wiederholte die Handgriffe, weil ich hoffnungsvoll erscheinen wollte, noch einen kurzen Moment so tun, als ob. Als ob ich auf erloschene Glut pustete, obwohl ich wusste, dass sie nicht mehr rot aufleuchten würde. Meinen Mund auf die eisigen Lippen pressen, meine Hände auf seine Brust. Auf einmal erschien er mir schrecklich fremd. Noch ein neuer M. Er, der nicht er war. Der gleiche Eindruck, wie wenn man jemanden wiedersieht, der seit der letzten Begegnung zugenommen hat. Es braucht einen Moment, bis sich die bekannte geliebte Person in diesem neuen Körper verfestigt.

Ich hörte mit der Mund-zu-Mund-Beatmung auf. Etwas in mir gab nach, riss wie eine Klaviersaite, die der Spannung nicht mehr standhält. Mein Körper sank auf seinen. Ich schrie nicht. Ich weinte nicht. Stille. Alles erstarrte. Alles, was ich empfand. Nur Stille. Die Kollision mit der Wirklichkeit reißt alles auf, zertrümmert das Begriffsvermögen, schürft einen so tief auf, dass die Gefühle verstummen. Warum ist nicht auch mein Herz stehen geblieben?

Nach einer unbestimmten Zeit schrie in der Ferne, auf den Weiden, ein Esel. Ich war nun allein.

Ich habe immer geglaubt, dass ich vor M. sterbe, ich weiß nicht wirklich, warum. Heute wird mir bewusst, dass ich es sicher deshalb glaubte, weil ich mir wünschte, dass es so kommen würde. Ich habe mir oft vorgestellt, wie ich ihn über meine Krebsdiagnose in Kenntnis setze. Brustkrebs, wahrscheinlich. Eine von acht Frauen. Meine Mutter, meine Großmutter, zwei meiner Tanten. Ich stellte mir vor, wie er seine Hand auf meine Brust legt, versucht, die unsichtbaren Vorgänge unter seinen Fingern zu erfassen, die tödlichen Zellen, die sich leise vermehren, die daran arbeiten, mich aus seinem Leben zu reißen. Ich stellte mir seinen Kummer vor. Ich weiß, dass er sich tadellos verhalten hätte, präsent gewesen wäre, mutig. Er hätte Ihnen wahrscheinlich von uns erzählt, da sein Schmerz zu schwer zu verbergen, die Lüge zu groß geworden wäre. Sie hätten es verstanden, da bin ich mir sicher. Sie hätten die innere Größe gehabt, meinem Tod ohne Vorfreude entgegenzusehen. Sie hätten ihn getröstet. Und das wäre es gewesen. Das schien mir ein gar nicht mal so schlechtes Ende für unsere Geschichte. Irgendwie müssen die Dinge ja zu Ende gehen … Ich wäre gern in seinen Armen gestorben, umgeben von unserer Liebe.

Ich habe Ihnen bereits erzählt, wie ich ihn ins Chalet zurückgebracht und gebadet habe. Um ihn aufzuwärmen, aber auch, weil er schmutzig war. Steinchen, Schlamm, trockene Grashalme klebten an seiner Haut. Ich glaube, da hatte ich vor, am Ende des Vormittags zu Jacky hinunterzugehen, um ihm Bescheid zu sagen. Ihn den Arzt, das Bestattungsunternehmen und was weiß ich wen anrufen zu lassen. Wenn er erst sauber wäre, auf dem Bett, vorzeigbar.

Er trug seine rote Badehose, eng und knapp. Ich weiß nicht, warum, aber für mich sah er darin aus wie ein Italiener. Oder eher wie Alain Delon in ›Der Swimmingpool‹. Das ist es. Die kurzen Shorts erinnern an eine vergangene Ära, mit gelblichem Licht, näselnden Stimmen, Martinicocktails. Ich hob sein Becken an, um sie ihm auszuziehen. Sein Penis wurde sichtbar, reglos und zart, wie nach dem Sex. Ich habe es geliebt, dieses weiche, harmlose Stück Fleisch zu küssen.

Ich begann damit, ihn in die leere Badewanne zu hieven, ich musste ihn erst abduschen. Er war so schwer, da wird einem erst bewusst, wie leicht das Leben den Körper macht. Als er noch lebte, schien er sich mit der Leichtigkeit einer Katze zu bewegen.

Aber ich schaffte es. Ich richtete den weichen Wasserstrahl auf seinen Rücken, seine Schultern, dann legte ich ihn hin. Als das Wasser stieg, trieben seine Arme an der Oberfläche. Dieser Anblick beruhigte mich, vielleicht, weil er ein wenig von seiner Leichtigkeit zurückgewann. Ich machte seine Haare nass, schäumte sie mit seinem Shampoo mit Pfingstrosenduft ein. Als er am Leben war, habe ich das nie getan. Warum nicht? Ihm den Kopf massieren, seine Kopfhaut schrubben. Ich schloss die Augen, stellte mir vor, wie er vor Wohlbehagen brummte. Das hätte ihm sicher gefallen.

Dann ließ ich etwas Wasser ab, um seinen ganzen Körper einzuseifen. Seine Rippen, die ich so viele Stunden gestreichelt hatte, schienen mir stärker hervorzustehen, die Narbe auf seinem Oberschenkel wirkte heller, seine Muskeln definierter. Meine warmen Finger auf seiner Haut, die das Badewasser nicht erwärmte. Ich wusch seinen Penis, wie ich den eines Kindes gewaschen hätte, massierte lange seinen Körper, sorgte dafür, dass jeder Muskel, jeder Knochen, jedes Gelenk einen Abdruck in meiner Handfläche hinterließ. Für sein Gesicht verwendete ich eine andere, mildere Seife und reinigte es mit einem feuchten Handtuch. Durch die halb geöffneten Lippen waren seine oberen Schneidezähne zu sehen, die weißen Flecken darauf. Ich mochte diese Flecken, er konnte sie nicht ausstehen. Sie, nehme ich an, mochten sie auch. Kurz nachdem wir uns begegnet sind, hat er mir die Geschichte dazu erzählt. Wie sehr er als Kind den süßen Geschmack der Fluoridtabletten mochte, die er aus der kleinen rosa Schatulle stibitzte, die seine Mutter auf dem Servierwagen im Esszimmer liegen ließ. Und wie diese die Fluorose verursacht hatten, deren Spuren er sein ganzes Leben lang trug. Es gefiel mir, dass sein Lächeln an das ungehorsame, vernaschte Kind erinnerte, das er einmal gewesen ist.

Ihn aus der Badewanne zu ziehen war schwieriger, als ihn hineinzubekommen, seine feuchte Haut rutschte weg unter meinen Händen. Es gelang mir, ihn aufs Bett zu hieven, wo ich ihn abtrocknete. »Leicht zu tragen und stark zu spüren«, dass ich nicht lache.

Ich schaute ihn an, nackt, friedlich. Da liegt er gut, dachte ich.

Ich konnte mir nicht vorstellen, Leute hereinzulassen, Fremde, die ihn angefasst, bewegt hätten, das hätte ihm nicht gefallen. Sie hätten ihn mir weggenommen. Ich legte mich neben ihn. Draußen warf die Sonne leuchtende Flecken auf den See und den Berg, drinnen malte sie ein Rechteck auf das weiße Laken, um unsere aneinanderliegenden Füße. Ich spürte die wärmenden Strahlen. Ich nahm seine Hand. Summte das Lied, mit dem ich meine Tochter in den Schlaf gewiegt habe, als sie klein war. ›L'autre bout du monde‹ von Emily Loizeau. Ich fragte mich, ob M. es kannte. Mit Sicherheit. Sonderbar, dass ich es nicht weiß. Es gibt so vieles, was ich über M. nicht weiß. Umso besser. Man lernt nie aus über den anderen. Zu Beginn machte mir das Angst, dann habe ich diese verborgenen Seiten geliebt. Das Wesentliche weiß ich.

Ich habe lange gesungen.

Vorhin hat es an der Tür geklopft. Drei kurze Schläge um 20 Uhr 50. Ich hatte eine weitere Flasche Wein aufgemacht, mir ein großes Glas eingeschenkt, ich trank und starrte auf die Oberfläche des Sees. Was erwartete ich? Eine Entschuldigung? Zeichen von Gewissensbissen? Die Gleichgültigkeit des Sees ärgerte mich. Er ist es, der in M.s Lungenflügel gedrungen ist, der verhinderte, dass Sauerstoff zu den Zellen gelangte, sodass das Herz stehen blieb, das Gehirn irreparabel beschädigt wurde. Die Auflösung von M., in nur wenigen Sekunden. Sein Lachen, seine lautstarken Einwände, seine Lippen an meinem Hals, sein komischer Buster-Keaton-Gang, seine tanzenden Finger, seine Brust, sein Atem, seine Art, sich auf die Lippe zu beißen, bevor er zu langen Erklärungen ansetzte, seine Stimme, wenn er darauf bestand, mir einen »göttlichen«, »brillanten«, »vollkommenen« Absatz oder Artikel vorzulesen. Sein verschwommener Blick nach ein paar Gläsern Wein. Sein Penis vor dem Sex. Sein Lachen, noch einmal. Oder vielmehr seine vielen Arten von Lachen, eine ganze Sammlung, sein schadenfrohes, bitteres, bewunderndes und sein zärtliches Lachen. Das Lachen, wenn ich ihn kitzelte, schrill, ein wenig hysterisch. Wenn es einen Schuldigen gibt, dann lag er da vor mir, reglos und anheimelnd in den schrägen Strahlen der Abendsonne. Nicht das kleinste Zeichen von Reue oder gar Schmerz. Ich hätte ihn gern zu Ihnen gezerrt, wie ein unartiges Kind, den See am Arm gepackt und Ihnen vorgeführt, Ihnen gezeigt, dass er es war, der Ihnen M. genommen hat, nicht ich.

Drei kurze Schläge. Ich schrak auf. Ohne es zu merken, hatte ich mich an die Stille gewöhnt. Seit zwei Tagen umschließt sie mich, luftdicht wie Bernstein, ich werde in ihr zum Fossil. Meine Bewegungen sind langsamer, sanfter geworden. Ich hatte nicht gemerkt, dass ich mich verhielt, als hätte ich Angst, etwas zu zerbrechen. Die Stille. Die drei kurzen Schläge wirkten auf mich wie das Zerschellen einer Vase.

Ich wandte mich von der Fensterfront, vom See ab, öffnete die Tür.

Jacky.

Ich brach in Tränen aus. Damit hatte ich nicht gerechnet. Um ehrlich zu sein, hatte ich mit nichts gerechnet. Vor mir stand jemand Lebendiges, das erschien mir unwirklich, als ob die Welt mit M.s Tod verschwunden wäre, das Leben sich in meiner Vorstellung aufgelöst hätte. Ich weinte wohl vor Erleichterung, aber es war eine schmerzhafte Erleichterung. Wie wenn Finger und Zehen zu schnell aufgewärmt werden, flutete mit einem pulsierenden Stechen das

Leben in meine Adern zurück. Ich warf mich ihm in die Arme.

Jacky war Jacky, er hielt mich schweigend. Sein kuscheliges Hemd verströmte den Duft seines alten Achtziger-Jahre-Parfums. Ich frage mich, ob es noch hergestellt wird oder ob er einen Vorrat angelegt hat. Er roch auch nach gebratenem Fleisch, vielleicht kam er gerade aus dem Restaurant. Und da war der Geruch von José, seinem Neufundländer, der direkt hinter ihm saß. Der Geruch von ranzigem Schinken. Wie kann man mit einem Hund zusammenleben, der so stinkt?

Jacky warf einen Blick ins Innere des Chalets.

»Ist M. nicht da?«

»Er macht einen Spaziergang.«

»Habt ihr euch gestritten?«

»Wir streiten nie.«

Das stimmte fast. Ob aus Verdrängung oder Weisheit, aber wir sprachen selten problembehaftete Themen an. Es kam vor, dass ich »Anpassungen« einforderte, wie ich es nenne, aber das geschah eher durch Gesten als durch Worte. Ich sagte, was ich brauchte oder wollte, eine Revolution für mich, und unsere Beziehung veränderte sich ein bisschen, wie eine polymorphe Kreatur. Wir haben in acht Jahren nicht einmal unsere Stimmen erhoben.

»Was ist dann los mit dir?«

»Ich bin müde, sicher habe ich ein bisschen zu viel Wein getrunken, nichts weiter.«

Ich bin nah am Wasser gebaut. Jacky weiß das. Er

hat mich schon als gefühlsduselig bezeichnet, obwohl mein Schmerz damals real und tief war. Jacky kann, wenn er will, ein richtiges Arschloch sein, aber dieses Mal kam es mir gelegen, dass er in mir die arme, weinerliche Frau über vierzig sah.

Ich hätte zu ihm sagen können: »M. liegt im Schlafzimmer, er ist tot, ich brauche Hilfe.« Das hätte ich tun können, und ich weiß nicht wirklich, was mich davon abgehalten hat. Doch, ich weiß es natürlich, die Hände der anderen auf seinem Körper.

Im Moment glaubt Jacky, dass M. lebt, also glaube ich auch daran.

»M. liebt es, in der Abenddämmerung allein spazieren zu gehen. Er muss zum kleinen Staudamm gegangen sein. Er wollte den Bach entlangsteigen bis zu der Stelle, wo das Eiswasser aus dem Felsen tritt, der Klause. Er wird sich dehnen und den orangefarbenen Himmel betrachten. Vielleicht wird er auf dem Rückweg ein wenig joggen. Er wird nasse Füße bekommen, also wird er, wenn er wieder hier ist, Zeitungspapier in die Wanderschuhe stopfen.«

Alles, was ich sagte, klang falsch. Es war nicht an Jacky gerichtet, das spürte er.

»Haha! Du hast wirklich zu tief ins Glas geschaut!«

Zum Glück ist Jacky manchmal ein bisschen doof.

»Willst du eins?«

»Gern.«

Ich schenkte ihm Wein ein, achtete darauf, nicht das Glas zu verwenden, aus dem M. zuletzt getrunken hatte, vorgestern Abend. Ich wusste nicht, ob ich wollte, dass er blieb oder ging.

»Alles Gute zum Geburtstag!«

Er hob sein Glas.

»Danke.«

Ich zwang mich zu einem Lächeln.

»Hattet ihr einen schönen Aufenthalt?«

Der Neufundländer trottete in den Flur, in Richtung Schlafzimmer.

»Es war wunderbar, wie immer.«

Ich stand auf, um zu überprüfen, ob die Schlafzimmertür auch wirklich geschlossen war. War sie nicht. Im Halbdunkel schien M. zu schlafen, nackt auf dem Bett ausgestreckt. Ich dachte, dass ihm vielleicht kalt sei. Ich hätte ihn gern zugedeckt, schlug aber die Tür vor Josés Nase zu. Ich wunderte mich über meine Ruhe. Ich ging ins Wohnzimmer zurück.

»Hat er immer noch nicht vor, seine Frau zu verlassen?«

Ich bin dieser Frage überdrüssig. Nur Jacky stellt sie noch. Meine Mutter, meine Schwester, meine engen Freunde, alle, die Bescheid wissen, haben verstanden, dass das nicht zur Debatte stand. Jeder schien glücklich, also warum etwas ändern? Außer Ihnen vielleicht. Das werde ich nie wissen, aber ich habe gelernt, damit umzugehen.

Jacky gehört zur alten Generation. Papa-Mama-Kind-Hortensien-Labrador. Es regt mich fast nicht mehr auf.

»Nein. Niemand fordert ihn dazu auf. Warum?«

»Du wirst also seine Mätresse bleiben? Ist dir das recht?«

»Ich mag dieses Wort nicht, aber ja, natürlich.«

»Geht es Romain gut?«

»Ja, soweit ich weiß. Ich glaube, dass er wieder ernsthaft Rugby spielt …«

José begann vor der Schlafzimmertür zu bellen. Eine gewaltige Wut überkam mich. Sicher war der Wein nicht ganz unschuldig daran. Und die Angst. Am liebsten hätte ich Jacky angebrüllt, er solle gefälligst verschwinden. Dass das nicht ginge, so einfach bei den Leuten aufzutauchen, seinen miefenden Hund in *mein* Chalet zu lassen, *meinen* Wein zu trinken, mich zu *meinem* Leben auszufragen. Ich hätte ihn schlagen können. Aber ich riss mich zusammen. Auf das Bellen des Hundes folgte eine Art Wolfsgeheul.

»Was hat dieser Hund nur?«

Er stand auf und ging in den Flur.

»Das macht er zum ersten Mal.«

Ich stürzte ihm hinterher. Mir war übel vom Wein und von der Wut. Jackys Hand lag bereits auf der Türklinke.

»Jacky, nein!!!«

Ich übergab mich. Das Parkett ist alt, da sind Lücken zwischen den Dielen, es würde schwierig werden, alles sauber zu bekommen. Jacky hielt inne, kam zu mir zurück.

»Geht's?«

Ich hasse Kotze. Das mag natürlich niemand. Aber ich hatte mich seit neunzehn Jahren nicht mehr übergeben. Ich weiß es genau, ich erinnere mich gut an das letzte Mal. Ein Tequila-Besäufnis. Die Hölle. Seitdem habe ich die meiner Tochter literweise aufgewischt. Das Bett, das Auto, das Sofa gereinigt. Aber ich selbst übergebe mich nicht.

»Warte, setz dich, ich mach das weg.«

Jacky, allen ein Vater. Ich brauchte ein Taschentuch. Am liebsten wollte ich sterben. Ich ließ mich in den abgewetzten Samt des Sofas sinken und presste meine Daumenwurzeln auf die Lider, um den Schwindel in den Griff zu bekommen. Der Hund begann wieder zu heulen.

»José, das reicht jetzt!«

Jacky packte ihn und zog ihn aus dem Chalet.

Ich hörte mich jammern:

»Da muss man mit einer Zahnbürste ran.«

»Was?«

»Zwischen den Holzdielen. Das muss man mit einer Zahnbürste putzen. Ich kümmere mich darum.«

»Halt dich raus, der Boden hat schon einiges abbekommen.«

Jacky grummelte. Wirft er mir vor, mich in meinem Alter so gehen zu lassen? Oder macht er sich Sorgen?

Es war wieder still. Der Hund schwieg. Ich hörte das Geräusch des Wischmopps nicht mehr. Eines

Tages wäre auch ich tot, und Teilchen von mir würden mich in diesem Holzboden überdauern. Wie viele Menschen haben sich in diesem Chalet übergeben, die heute nicht mehr leben? Sind noch andere hier in diesen Mauern gestorben? Oder im See? Wie viele schlafen in seinen Tiefen? Suchen ihre Seelen diesen Ort heim? Wenn ich ein Medium wäre, könnte ich dann Dutzende blasser Gestalten über dem dunklen Wasser schweben sehen? Wird M. hierbleiben? Muss ich hierher zurückkommen, um ihn zu besuchen? Oder begleitet er mich vom Berg? Wird er mich verlassen?

Jacky brachte mir ein Glas Wasser und nahm neben mir Platz.

»Geht es dir besser?«

»Na ja.«

Ich atmete tief ein.

»Ich glaube, dein Hund bellt wegen der Siebenschläfer. Wir haben sie über der Decke gehört.«

»Ich schaue mir das morgen an. Geh schlafen, wenn du willst. Ich warte, bis M. zurück ist.«

»Das ist nicht nötig, es geht schon. Es ist spät, geh nach Hause.«

»Ich lasse dich in diesem Zustand nicht allein.«

»Jacky ...«

»Hmm ...?«

»Warum hast du keine Kinder?«

»Ich habe viele Kinder!«

»Welche aus deinem Sperma ...«

»Haha!«

Stille.

»Es hat sich nicht ergeben, das ist alles. Es ist gut, wie es ist.«

Meine Augen waren immer noch geschlossen, aber ich hörte das Beben in seiner Stimme.

»Warum hast du mich nach Romain gefragt? Normalerweise bist du derjenige, der mir erzählt, was es Neues gibt.«

»Wir haben uns ein wenig überworfen.«

»Warum?«

Seine Stimme brach.

»Das ist nicht der richtige Zeitpunkt, um darüber zu reden. Nächstes Mal vielleicht …«

Während ich das schreibe, realisiere ich, dass sicher das der Grund für Jackys Besuch an jenem Abend war. Er wollte mit mir darüber sprechen.

»Jacky, du kannst wirklich gehen. M. wird gleich zurück sein und mir kann nichts passieren.«

»Warum wolltest du nicht, dass ich das Schlafzimmer betrete?«

»Wegen der Ziege.«

»Der Ziege?«

»Unser Sexpartner. Sie wartet in einem Latexanzug auf uns. Aber sie ist ein bisschen schüchtern, du verstehst …«

»Sehr witzig.«

»Nein, ernsthaft, wir haben vielleicht ein Spielzeug auf dem Bett liegen lassen …«

Jacky sprang auf.

»Okay, mehr will ich nicht wissen.«

»Na, also.«

Er legte mir eine Hand auf die Schulter.

»Ruh dich aus. Grüß M. von mir.«

»Ja, er wird gleich da sein …«

»Ruf mich an, wenn irgendetwas ist.«

»Kümmere dich um deinen Hund.«

»Ich liebe dich auch.«

Und er ging.

Das Knirschen seiner Schritte auf dem Kiesweg entfernte sich, und die Stille floss heran wie eisiges Wasser, schwappte über mich und hinderte mich am Atmen.

Es ist mir gelungen, mich vom Sofa hochzurappeln und ins Schlafzimmer zu wanken, an M.s Seite zurückzukehren, Ihnen zu schreiben. Ich habe Angst. Ich glaube, die Dunkelheit wird mich verschlingen. Es ist Nacht geworden. Der Wein pocht hinter meinen Schläfen, der saure Nachgeschmack der Kotze steigt mir bis in die Nase. Das Grauen packt mich, lässt mich taumeln. Ich hätte gern die Kraft, nach draußen zu stürmen, zu rennen, Jacky einzuholen, ihm alles zu erklären, damit man mich da rausholt. Aber nichts kann mich hier rausholen. Ich brauche mehr Wein. Noch mehr Wein. Ich gehe die Flasche holen und komme wieder.

Na, also, und ein Glas habe ich auch. Ich untersage

mir, aus der Flasche zu trinken. Machen Sie das manchmal? Nein, da bin ich mir sicher. Sie sind ein würdevoller Mensch, stärker als ich.

Ich kann kaum sehen, was ich schreibe, ich versuche mich ins Mondlicht zu setzen, traue mich nicht, das Licht einzuschalten, das wäre schlimmer. Wie eine Taschenlampe nachts im Wald. Ich kann den Wald nachts nicht ausstehen. Die Dunkelheit um mich herum. Die Wesen mit den reptilartigen Gesichtern und leuchtenden Augen, die mich beobachten. Das Licht macht uns zu einer leichten Beute.

Wenn man mich jetzt im Wald aussetzen würde, wenn ich nicht mehr zurückkommen dürfte, kein Zuhause mehr hätte, kein trockenes und warmes Bett, keine schützenden Wände, nur einen Teppich aus Laub und feuchten Zweigen, Rascheln, knarrende Baumkronen, den grausamen Wind, die undurchdringliche Finsternis, wäre ich zutiefst verängstigt. Aber man gewöhnt sich an alles. Es gibt Leute, die das tun. Die im Wald leben, sich daran gewöhnt haben. Es gibt Leute, die haben den Menschen, den sie lieben, sterben sehen und haben sich daran gewöhnt. Wenn ich hier liegen bleibe, neben M., geht es vielleicht bald bergauf. Vielleicht erlebe ich gerade den Tiefpunkt.

Mehr Wein. Um den Tiefpunkt zu überwinden. Morgen wird es besser.

Ich habe fast drei Stunden neben M. geschlafen. Ich glaube, nun weiß ich, dass er tot ist. Als ich aufgewacht bin, hatte ich nicht den gleichen Schock wie gestern, als mir das Blut aus dem Körper wich, als ich in die Wirklichkeit zurückkehrte, als ich innerlich aufschrie. Aber das Bewusstsein über seinen Tod hat etwas anderes ausgelöst, einen endlosen Fall in die Tiefe. Ohne M. ist die Welt nicht mehr die Welt. Die Jahre, die mir noch auf diesem Planeten bleiben, werden fade, ausgehöhlt sein, angefüllt mit seiner Abwesenheit. Meine Tochter, meine Mutter, meine Schwester werden nicht genügen. Nie wieder wird jemand genügen. Das Bett zieht mich an sich, die Laken kleben an meiner Haut, scheinen mich in sich aufnehmen zu wollen.

Ich muss los. Sogar dringend. Ich darf Jacky nicht über den Weg laufen. Wenn es Zeit ist, das Chalet zu verlassen, gehen M. und ich normalerweise zum Hotel hinunter, um ihm die Schlüssel zurückzugeben. Er bietet uns einen Kaffee an, den wir gern annehmen, und wir fahren am späten Vormittag los. Heute werde ich sie in den Briefkasten werfen, dazu eine kurze Notiz mit einer Entschuldigung. Mir wird schon etwas einfallen, um unseren Aufbruch im Morgengrauen zu begründen.

Ich rede mit M. Er solle sich keine Sorge machen, es werde schon gut gehen, ich würde ihn nicht im Stich lassen. Ich streichle seine Augenbrauen, seine Lider.

Seine Augen waren geschlossen, als ich ihn im Wasser fand, ich weiß nicht, was das bedeutet. Ich habe das Gefühl, dass seine Haut weicher wird. An seinem Hals, an der Rückseite der Arme und an seinen Beinen haben sich dunkle Flecken gebildet. Sein Gesicht verschwindet, ist nicht mehr ganz seins, als hätte das entweichende Leben seinen Leib leer zurückgelassen. Er wirkt sowohl jünger als auch älter. Aber ich muss ihn noch einmal küssen, an seine Kälte habe ich mich gewöhnt. Meine Lippen streifen seine Wangenknochen, seine Stirn, seinen Mund, auf der Suche nach einer Erinnerung, einer Empfindung. Ich lege meine Wange an seine Brust, meine Finger bleiben auf der Wölbung seines Oberschenkels liegen, fest durch das Schwimmtraining. Dieser Muskel, der ihn überallhin trug, Werkzeug seiner Freiheit, dank dem er bis zum See, durch das milchige Morgenlicht laufen konnte, vor nicht einmal zwei Tagen. M. erzählte, dass er sich nirgendwo so frei fühlte wie im Wasser. Die Geräusche gedämpft, der Schwerkraft ein Schnippchen schlagend, glitt sein Körper aus der Welt. Manchmal begleitete ich ihn ins Schwimmbad. Ich blieb am Rand sitzen und schaute ihm zu. Ich schwimme nicht gern. Aber ich war ganz vernarrt in den Anblick seines sich bewegenden, frohlockenden Körpers.

Ich flüstere ihm zu, dass er auf gewisse Weise Glück habe. Er wird die feuchte Angst, die aus den Augen der Alten spricht, nie kennenlernen. Er wird nie die ernste Stimme des Arztes hören – »Die Biopsie hat nichts Gutes ergeben« –, er wird keinen seiner Freunde mehr beerdigen, auch nicht seine Mutter, er wird nicht mitansehen müssen, wie seine Muskeln schwinden, seine Knochen so spröde wie trockenes Holz werden, seine Gelenke steif, er wird die Welt nicht mehr brennen, die Zukunft seines Sohnes sich verfinstern sehen. Ich weiß wohl, dass er es nicht so sähe. Wenn sein Geist in diesem Raum über mir schwebt, wird er sicher ärgerlich. Wie könne ich nur so etwas denken? Sechsundvierzig ist zu jung, das ist unfassbar, das ist ungerecht, gerade er, der Nichtraucher war, oder beinahe, der jede Woche zehn Stunden schwamm, der vegetarisch lebte. Ich weiß, mein Schatz, ich weiß das alles, aber nach Sinn oder Gerechtigkeit kann man hier nicht fragen, und ich tue, was ich kann, und das ist wirklich nicht der Moment, um sich zu streiten, also wenn du einverstanden bist, bleiben wir doch bei den Augen der Alten, bei dem Krebs, den du nicht bekommen wirst, oder bei meinem Krebs, den du nicht wirst ertragen müssen, oder bei dem möglichen Autounfall, der bei deinem Sohn bleibende Schäden hinterlässt, versuchen wir, das

Gute an allem zu sehen. Versuchen wir, positiv zu bleiben.

Bevor ich schlafen ging, leerte ich die Flasche Wein. Ich hätte gern noch ein Glas mehr getrunken. Was mache ich mit deinen Sachen? Der Koffer liegt aufgerissen auf dem Boden, wie du ihn zurückgelassen hast. Deine Zahnbürste auf dem Waschbecken. Ich werde sie in deinen Kulturbeutel räumen. Befangen führe ich Handgriffe aus, die ich mir zu deinen Lebzeiten nie erlaubt hätte. Deine Kleider falten. Ich werde an deinem schwarzen T-Shirt riechen, dem mit dem abgewetzten Kragen, das du noch vor drei Tagen getragen hast. Du hast es in deinen kleinen Wäschesack getan. Der süßliche Geruch deines Schweißes, vermischt mit dem deines Parfums, deines Deodorants, eine Mischung aus Lavendel, Salbei, Zitrusfrüchten. Diese Schweißpartikel sind da, weil du sie abgesondert hast, weil du am Leben warst. Das T-Shirt werde ich in meinen Koffer legen. Auch das werde ich mir aneignen. Ich weiß noch nicht, was ich mit deinen anderen Sachen mache, aber zumindest dieses Relikt werde ich retten. Dein Telefon ist inzwischen ausgegangen. Ich werde es zu meinem in den Rucksack legen. Deine verdreckten Wanderschuhe am Eingang sind noch ein Beweis, dass du am Leben warst. Alles ist Beweis. Auch das Chalet. Gemeinsam verbrachte Nächte, Filme, die wir angeschaut haben, unsere Spiele, dummen Wetten, unser ausgelassenes, weinseliges Gelächter, unsere Versprechen, unsere Lügen. Es weiß alles, es wird nichts vergessen. Wie gern würde ich es in Brand stecken.

Den Kühlschrank werde ich auch leeren müssen. Den ekelhaften Haselnuss-Eiscappuccino, den du gern im Auto getrunken hast. Du hast einen für die Hinfahrt und einen für die Rückfahrt mitgenommen. Jedes Mal. Obwohl ich diejenige war, die fuhr. Du hast mir gern beim Fahren zugeschaut, ich habe nie begriffen, warum. Du hast mir vorgelesen. Romanauszüge, Artikel, Kurzgeschichten. Oft Kurzgeschichten. Ich hätte so den ganzen Erdball umfahren können. Manchmal hast du etwas abgrundtief Schlechtes ausgewählt, nur um zu sehen, wann ich die Stirn runzeln würde, gefolgt von einem: »Hm, das ist nicht schlecht, aber hast du nicht etwas anderes?« Dieses Mal hast du mir auf der Hinfahrt den unglaublichen Liebesbrief von Jana Černá an Egon Bondy vorgelesen. Das kleine Buch ragt aus deinem Rucksack am Bettende. Ich sollte deine Sonnenbrille hineinstecken. Das gleiche zähe Gefühl wie beim Aufräumen nach einem Geburtstagsfest, wenn man leicht beschämt die leeren Flaschen einsammelt. Die Lampions abnimmt. Nach einem Fest, das zu früh beendet wurde durch nervige Nachbarn, die Bullen oder die Eltern.

Was ich mit dem Essen mache, weiß ich nicht, oder mit dem Müll, in dem die Reste der Melonenschnitze mit den Abdrücken deiner Zähne liegen. Es sind deine, kein Zweifel, ich hasse Melone. Du liebtest sie.

Mon amour.

Ich hatte Angst, ihm Gewalt anzutun, wenn ich ihn bewegte. Es wäre mir nicht gelungen, ich hätte Hilfe rufen müssen. Zum Glück wurde sein Körper nach der Starre gestern wieder weich. Zuerst musste ich ihn anziehen. Das kostete mich viel Zeit. Die Unterhose – dunkelblaue Boxershorts, die Ihr Sohn ihm zu Weihnachten geschenkt hat –, für die ich sein Becken anheben musste. Ich habe es geliebt, ihm zuzusehen, wie er sich anzog, bevor er ging. Diese einhändige Geste, mit der er seinen Penis und seine Hoden in der Unterhose zurechtrückte. Ein Expertengriff, Tausende Male angewendet, den ich zaghaft nachzuahmen versuchte. Ich wollte sein kaltes Glied nicht länger als nötig berühren. Ich nahm ein beliebiges sauberes T-Shirt, stellte fest, dass ich nicht wusste, welches er genommen hätte. Sie sind alle grau, einfarbig, aber es musste eines darunter sein, dessen Halsausschnitt, Beschaffenheit, Länge er bevorzugte … Ich setzte mich rittlings auf seine Hüfte, führte ohne größere Schwierigkeiten den Kopf durch den Ausschnitt. Ich musste an die ersten Tage mit Nina denken, als ich jedes Mal fürchtete, ihr den Hals zu brechen, wenn ich ihr einen Strampler anzog.

Ich schob seine Arme durch die Ärmel, achtete darauf, ihn nicht zu verletzen, ihm etwas zu zerren oder die Schulter auszurenken. Ich konnte mich an seinen schmerzfreien Körper einfach nicht gewöhnen. Als ich seinen Brustkorb hochzog, kam seine Nase nah an mein Gesicht, und da bemerkte ich zum ersten Mal den Geruch. Einen Geruch, den ich an ihm nicht kannte, natürlich, den ich aber schon bei einem meiner Kollegen mit, sagen wir, speziellem Atem wahrgenommen habe. Dem Kerl, dem ich morgens vor dem Frühstück ausweiche, dem ich meine herausragende Kondition verdanke, da ich immer die Treppe benutze aus Angst, dass er vor mir im Aufzug war. Sein schwerer, saurer Atem folgt ihm wie ein Schatten. Es ist, als führte er ein eigenes, heimtückisches Dasein. Er breitet sich aus und widersetzt sich sogar den winterlichen Windböen, die durch die Fenster des Lehrerzimmers dringen, welche wir in schweigender Übereinkunft das ganze Jahr über offen lassen. Und wie die meisten Menschen, die an Halitosis leiden – der medizinische Fachausdruck für Mundgeruch, wie ich gelernt habe –, ist dieser Kollege besonders gesprächig und wenig auf Abstand bedacht, was tragikomische Szenen ergibt, etwa wenn eine Kollegin immer weiter vor ihm zurückweicht, als würde er sie mit einem Messer bedrohen. Ich habe mich oft gefragt, woher dieser Gestank kommt, nun weiß ich es. Es ist der Duft der Zersetzung, des Tanzes der Bakterien, die den Körper in ihre Gewalt bringen. Ich grub mein

Gesicht in sein T-Shirt, an der Schulter, ich wollte nicht, dass diese Erinnerung sich festsetzt, ich wollte M. nicht mit diesem Geruch in Verbindung bringen. Dann zog ich ihm eine kurze Hose an, die Jeans, die er am Abend unserer ersten Begegnung getragen und dann, als sie alt wurde, abgeschnitten hatte. Ich legte ihm seine Uhr ums Handgelenk. Gab ein wenig Gel ins Haar. Er verlieh seinen Haaren gerne etwas Struktur, vor allem nach dem Waschen. Ein wenig Parfum und Deodorant. Ich wickelte ihn in die leichte Decke, die auf unserem Bett lag. Der Überzug ist von Ikea, ich habe ihn oft bei Freunden gesehen, große orangefarbene, purpurne, gelbe, rote, rosafarbene Quadrate. Ich hätte gern etwas Originelleres gehabt. Oder einfach etwas Weißes. Mithilfe der Decke zog ich ihn vom Bett, wie sie es im Krankenhaus machen, nur, dass sie dort zu zweit sind. Ich begann mit dem Oberkörper, den Schultern und dem Kopf und ließ das Becken und die Beine folgen. Dann zog ich die Decke über den Parkettboden im Flur, an der Fußseite, um sein Gesicht sehen zu können.

Ich bin mir sicher, ich habe ihn lächeln sehen. Als meine Tochter klein war, liebte sie dieses Spiel. Sie legte sich auf eine Wolldecke und ich rannte von der Küche ins Wohnzimmer. Sie lachte, wie kleine Kinder es tun, auf dem Kipppunkt zwischen Angst und Freude. M. hat also gelächelt, da bin ich sicher, die Arme am Körper, den Kopf zur linken Seite gedreht.

Ich stellte das Auto vor die Tür des Chalets. Ihn auf

die Rückbank zu legen war viel schwieriger, er rutschte von der Decke, also musste ich ihn unter den Achseln packen, seinen oberen Rücken an meine Brust ziehen, mein Gesicht an seinen Hals legen, während ich auf der Bank kniete.

Mir schwanden die Kräfte. Die Motivation, die ich im Flur verspürt hatte, war verschwunden. Ich war dieser Anstrengung nicht gewachsen. Ich begann zu weinen. Er war so schwer. So leblos. So unfähig, mir zu helfen. Aber ich hatte keine Wahl. Er hat mir gesagt, dass ich stark sei. Physisch stark. Und es stimmt. Nun war diese Kraft zum ersten Mal von existenzieller Bedeutung, da konnte ich nicht zulassen, dass sie mich im Stich ließ. Ich setzte alles ein, was ich aufbieten konnte, meinen Rücken, meine Arme, meine Beine, meinen Bauch, und M.s Körper bewegte sich langsam. Ich zog ihn bis ans Ende der Rückbank, hob die Schultern, um ihm ein Kopfkissen in den Nacken zu schieben, winkelte seine Beine an und schloss die Wagentür. Die Decke schlug ich nicht über ihn. Ich wollte, dass er den Wind, der durch die Fenster hereinwehte, genießen konnte. Es war 6 Uhr. Der Morgen graute. Ich lud unsere Koffer ein, den Müll, den ich im Tal wegwerfen würde. Die Melonenschnitze habe ich am Ende doch nicht herausgeholt. Ich muss akzeptieren, dass manche Dinge verschwinden. Aber ich nahm die Tasse mit, aus der er seinen letzten Kaffee getrunken hatte, bevor er schwimmen gegangen war. Für Jacky hinterließ ich einen Brief, in dem ich mich für den frühmorgendlichen Aufbruch entschuldigte und ihn mit einem beruflichen Notfall von M. begründete, der uns zwinge, früher abzureisen als gedacht. Ich entschuldigte mich auch für die Decke, das Kopfkissen und die Tasse und versprach, eine Entschädigung zu überweisen. Ich startete den Wagen, lenkte ihn auf die Straße, die zum unteren See führt, ohne zu wissen, wohin.

Heute ist der Tag, an dem Sie mit M.s Rückkehr rechnen. Wenn ich nichts tue, werden Sie heute anfangen, sich Sorgen zu machen. Sie müssen es erfahren. Wäre doch nur alles einfacher. Aber mit dem Tod ist es nie einfach. Wie mit allem. Das ist ungerecht, ich weiß. Was ich tue, ist Ihnen gegenüber ungerecht. Das haben Sie nicht verdient. Aber es ist gerecht mir gegenüber. Gibt es irgendwo eine Überschneidung? Eine Situation, die uns beiden gerecht wird? Vielleicht. Wenn Sie akzeptieren würden, mich in die Vorbereitungen von M.s Beerdigung einzubeziehen. Wenn ich ihn begleiten könnte, durch all die Stationen, die er durchlaufen muss wie in einer Schullaufbahn, bis zum Abschluss. Aber nichts zwingt Sie dazu. Ich versetze mich in Ihre Lage. Mein Mann, mein Toter. So ist das eben.

Vielleicht gibt es einen anderen Weg ... Ich suche ihn noch.

Ich glaube, ich werde Ihnen zunächst diese Seiten schicken. Heute. Sie müssten sie morgen bekommen. Oder lieber etwas Kürzeres? Ein paar Zeilen?

Ich glaube, ich habe viel Unsinn geschrieben, vor allem, als ich betrunken war, und ich bin in den letzten zwei Tagen oft betrunken gewesen. Aber zumindest haben Sie dann alles. Ich glaube, dass diese Seiten Ihnen zeigen, dass M. Sie geliebt hat. Und vor allem sehen Sie, dass er gut behandelt wird. Ich kümmere mich angemessen. Ich tue mein Bestes. Ich stehe hier mit dem Auto am Rand einer der Straßen, die sich den Berg entlangschlängeln. Ein Aussichtspunkt, eine halbrunde Tafel mit einem verwaschenen Foto, die ein paar Informationen zu den sichtbaren Bergspitzen liefert. Die Dämmerung färbt die Wolken in ineinanderfließende Pfirsich- und Rosatöne. M. wirkt friedlich auf der Rückbank. Er macht noch eine kleine Reise. Normalerweise würde er nun schon im Kühlraum eines Bestattungsinstituts liegen.

Ich spiele ›Isn't It a Pity‹ von Nina Simone für ihn. Ich glaube, diese Musik hätte er als Begleitung für diesen Sonnenaufgang gewählt. Zu traurig für eine Beerdigung, perfekt für das Morgengrauen. Voilà, das ist alles.

ZWEITER BRIEF

Mittwoch, 4. Mai 2022. M.s Tod ist genau einen Monat her.

Aber das wissen Sie.

Es ist mir immer noch unmöglich, meiner Familie die Tage nach seinem Tod zu beschreiben. Meine Schwester versucht mir zu helfen, hat mich bei sich aufgenommen, versucht, mich zum Reden zu animieren, ermuntert mich zu essen. Ich schließe mich den ganzen Tag in ihrem abgedunkelten »Gästezimmer« ein. Es ist eher ein Büro, zugestellt mit DVDs und Büchern, in dessen Ecke ein fleckenübersätes Futonsofa geschoben wurde. Durch die eingerissenen Vorhänge fällt ein schummriger Lichtstreifen darauf.

Heute Morgen bin ich mit dem Gedanken aufgewacht, dass ich nicht mit meiner Schwester, meiner Tochter, einem Psychologen reden muss. Was ich zu erzählen habe, gehört nicht mir. Nicht ganz. Ihnen schulde ich M.s Geschichte, unsere Geschichte. Ich weiß nicht, wie Ihr Leben seit einem Monat aussieht. Ich kenne die Vermutungen nicht, die Sie angestellt haben. Ich glaube, dass die Wahrheit immer freundlicher ist als die Fantasie.

Dieser Gedanke hat mir geholfen, aufzustehen und mir erneut dieses Heft vorzunehmen.

Ich bin nicht sicher, ob ich inzwischen vollkommen begriffen habe, was mir geschehen ist, auch nicht, was mich dazu getrieben hat, so zu handeln. An manchen Tagen erscheint es mir glasklar, von einer offensichtlichen Logik, die sich aus äußeren Kräften, meiner Verzweiflung, meinen Urinstinkten ableitet. An anderen sehe ich in mir ein Ungeheuer, eine Kreatur, die ich nicht wiedererkenne, die in einem Moment der Verletzlichkeit Besitz von mir ergriffen hat. Aber dieses Bild entsteht, glaube ich, aus dem Blick der Leute, die mich nicht kennen, aus dem, was ich seit meiner Rückkehr in der Presse, in den sozialen Medien gelesen habe.

Ich habe getan, was ich konnte, wie die meisten.

Alles, was ich besitze, alles, was ich Ihnen anbieten kann, um wieder eine Art Gleichgewicht herzustellen, ist die Wahrheit. Ich bin im Augenblick die Einzige, die sie kennt, also: Hier ist sie. Sie müssen selbst entscheiden, was Sie damit machen, ob Sie das Folgende lesen oder nicht. Ich bitte nicht um Vergebung, es gibt keine Moral in dieser Geschichte. Ich weiß nur, dass ich Ihnen die Tatsachen schuldig bin. Ich erlege mir also auf, sie für Sie, und sicher auch für mich, zu schildern, so präzise ich es vermag. Sie werden mich in düstere Gefilde führen, in die Sümpfe meines Gewissens, aber auch, ein paar Augenblicke noch, in M.s Arme.

Ich muss also an der Stelle weitererzählen, an der ich abgebrochen habe. Am Aussichtspunkt.

Dort stand ein Briefkasten. Ich warf die wenigen Seiten ein, die ich aus meinem Heft gerissen hatte, ohne nachzudenken, ohne sie noch einmal zu lesen. Für gewöhnlich hält mich die Angst vor Fehlern vom Handeln ab. In diesem Fall hat mich das Gefühl, die größte Dummheit meines Lebens zu begehen, befreit. Darauf kam es nicht mehr an.

Ihre Adresse auf den Umschlag zu schreiben kam mir wie eine weitere Grenzüberschreitung vor. Seitdem ich M. kenne, bin ich Umwege gelaufen, um nie durch Ihre Straße, nie an Ihrem Haus vorbeizugehen. Ganz am Anfang bin ich einmal hingegangen, aus Neugier, aber als ich in Ihre Straße einbog, fühlte ich mich so unwohl, dass ich umkehrte. Ich weiß, dass Sie in einem Haus mit gelber Fassade und schwarzen Fensterläden wohnen. Fensterbänke aus grauem Aluminium. Ich habe auf Street View nachgesehen, und selbst da kam ich mir indiskret vor. Das war Ihr Territorium. Das Gewissen meldet sich, wo es kann.

Eine gewöhnliche Straße, ein fast hässliches Haus beherbergten den Mann, den ich liebte, und seine Familie. Ich kannte die Adresse auswendig, glaubte aber zugleich, dass ich damit nie etwas anfangen würde. Ich irrte mich. An diesem Mittwoch, dem 6. April, schrieb ich die Buchstaben und Zahlen auf einen Briefumschlag. Und es kam mir so übergriffig vor, als wäre ich mitten in der Nacht in Ihr Schlafzimmer eingedrungen.

Mein Telefon hatte wieder Empfang. Viele Nachrichten. Meine Mutter, meine Schwester, Romain, mehrere Freundinnen.

Meine Tochter: »Alles Gute zum Geburtstag! Ich hoffe, es geht euch gut da oben! Küsschen an M.«

Ich antwortete: »Danke, mein Schatz. Ist bei dir alles in Ordnung?« Ich verbiete mir Abkürzungen, wie »thx«, »OK« oder fehlende Kommata. Ich weiß nicht, warum – es bedeutet wohl, dass ich alt bin.

Ich drehte mich zu M. um, kniete mich auf meinen Sitz, um ihn zu küssen.

»Ein dicker Kuss von Nina.«

Ich zielte auf seine Lippen, auch wenn sie diese Stelle nicht gewählt hätte. Die beiden kennen sich ein bisschen. Ich hatte meiner Tochter die Lage erklärt, in einfachen Worten. Ich glaube, sie war ein bisschen erleichtert. Sie dachte, dass ich seit Jahren allein sei. Vermutete vielleicht, dass ich mit der Liebe abgeschlossen hätte. Ich wollte nicht, dass sie mit diesem Gedanken aufwächst. Als sie M. immer öfter bei uns zu Hause auf ein Glas Wein vorbeikommen sah und mich immer mehr über ihn sprechen hörte, begann sie, Fragen zu stellen.

Sie mochte ihn sehr. Vielleicht weil sie sah, dass ich glücklich war. Vielleicht auch, weil M. nie eine Bedrohung für unsere kleine Welt darstellte. Nina verbringt gern Zeit mit mir allein. Sie war fünf, als ich ihren Vater verließ, ich glaube, sie fürchtete, ich würde ihr einen Stiefvater aufzwingen, Halbgeschwister, das alles. Ich gebe zu, dass ich es anfangs versucht habe. Vor allem aus ökonomischen Gründen. Die Miete mit einem einzigen Gehalt aufzubringen ist gar nicht so einfach. Ich konnte mir keine Dreizimmerwohnung leisten. Also bin ich mit Hugo zusammengezogen, aber das hat nicht lange gehalten. Die Beziehung hat meine Begegnung mit M. nicht überstanden.

Danach teilten Nina und ich ein Schlafzimmer in einer kleinen Innenstadtwohnung. Und als sie größer wurde, zog ich auf das Sofa im Wohnzimmer um.

Bei Romain hat sie ein großes eigenes Zimmer unter dem Dach. Sie übernachtet nun seit ein paar Jahren nicht mehr bei mir. Sie kommt zum Essen und geht dann zu ihrem Vater nach Hause. Das ist für alle bequemer. Aber es fehlt mir, sie nicht mehr beim Frühstück zu sehen, ihren langen, schmalen Körper in einem zu großen T-Shirt, zu hören, wie sie sich beschwert, weil kein Kaffee mehr da ist.

Sie arbeitet für ihren Vater, in der Landschaftspflege. Ich weiß nicht, warum sie nicht als »Gärtnerin« bezeichnet werden will. Ich soll »Gartenunternehmerin« sagen. Mir gefällt »Gärtnerin«.

Studieren war keine Option. Nina hat die Schule immer gehasst. Mir ist es recht. Ich glaube, es beruhigt mich sogar. Mir gefällt der Gedanke, dass sie Werkzeuge handhaben kann, die Namen der Pflanzen, Insekten und Vögel kennt. Ihre Tage draußen verbringt, mit ihrem Vater. Dass sie an meinen Geburtstag denkt. Ich glaube, das bedeutet, dass wir auf die eine oder andere Art gute Arbeit geleistet haben.

Ich kopierte und sendete »Danke, liebe Grüße!« an meine Mutter, meine Schwester, Romain und die anderen, dann schaltete ich mein Telefon aus.

M., die Haut aschfahl, die Lippen schwarz, schien darauf zu warten, dass ich eine Entscheidung fällte. Was würde ich mit ihm machen?

Ich klemmte zwei T-Shirts in die hinteren Fensterscheiben, um sie zu verhängen. Inzwischen genügte ein flüchtiger Blick auf sein Gesicht, um zu verstehen, dass er tot war. Ich fuhr los, ohne zu wissen, wohin. Ich brauchte Bewegung.

Auf der Straße Familien, Kinder mit Kappen, glückliche Hunde, Fahrräder auf Autodächern. Ich blieb auf dem Berg. Ich kannte den perfekten Ort für M. noch nicht, aber ich wusste, dass ich ihn nicht in der Stadt finden würde. Es brauchte eine unberührte Stelle in der Natur. Ziellos fuhr ich die gewundenen Straßen entlang, so weit nach oben wie möglich. Ich kam bis zu einer hässlichen Skistation, billig hochgezogen, wie alle Skistationen, und fuhr wieder hinunter. Ich öffnete die vorderen Fenster. Das Eingeständnis fiel mir schwer, aber der Geruch aus M.s Nase begann sich im Wagen auszubreiten. Leicht, fast ein wenig süßlich, aber ganz deutlich.

An einer kleinen Straße, die sich ins Tal schlängelte, hielt ich an einer Tankstelle. Hübsch und altmodisch, sodass es mir plötzlich so vorkam, als wäre ich sehr weit von zu Hause entfernt. Auf einem anderen Kontinent oder in einer anderen Zeit. Auf der anderen Straßenseite ein Lebensmittelgeschäft. Kurz ließ ich M. allein, ich brauchte Proviant.

Ich wusste, dass Sie meinen Brief erhalten würden, und ich wusste nicht, was Sie daraufhin tun würden. Die Polizei rufen, nahm ich an, das hätte ich an Ihrer Stelle auch getan. Würde sie das alles ernst nehmen? Eine Suche lancieren? Wie lange würde sie brauchen, um Jacky zu finden, das Seehotel? Keine Ahnung. Wie lange würde sie brauchen, um meine Identität herauszufinden? Um auf diesem Plateau zu fahnden, mein Handy zu lokalisieren? Auch keine Ahnung. Aber ich war lieber vorsichtig.

Ich kaufte Wein, der trockene weiße aus der Region hatte uns noch nie enttäuscht. Supermarkt-Brioche, ein Eiscappuccino für M. Dazu Feuerzeuge, Schnur, wozu, wusste ich nicht recht. Ich habe schon immer gern grundlegende Überlebensutensilien zur Hand. Ich glaube, das geht auf einen Vortrag des Roten Kreuzes zurück, an dem ich mit Audrey teilgenommen hatte. Sie hatte mich auf eine große Messe mitgenommen, ich glaube, anlässlich der Pariser Klimakonferenz 2021. Ein Mann erklärte, wie man im Katastrophenfall reagieren solle, welche Gegenstände mitnehmen, wenn man sein Haus eilig verlassen müsse. Er blieb beim Begriff »Katastrophe« ausweichend, Überschwemmung, Brand, Kernschmelze, Krieg, die Folgen des Klimawandels waren unvorhersehbar. Im Gedächtnis geblieben waren mir »eine Rolle Müllsäcke, Feuerzeuge, Schnur«. Das war bestimmt nicht alles. Seitdem hatte ich oft daran gedacht.

An der Kasse lagen kleine Plüschbiber aus. Meine Kehle zog sich zusammen. »Mein Biber«, so nannte ich ihn manchmal. Wir hatten dieses blöde Spiel, wenn wir uns Nachrichten schickten, es bestand darin, den lächerlichsten Kosenamen für den anderen zu erfinden. »Mein Albatros vom Central Park«, »Meine brasilianische Giraffe«, so etwas ... Mit der Zeit hatten sich zwei Tiere durchgesetzt. Der Otter für mich, der Biber für ihn.

Übrigens habe ich, mit einer gewissen Erleichterung, erfahren, dass Sartre Beauvoir »Biber« nannte. Abgesehen von der zufälligen Übereinstimmung beruhigte mich die Feststellung, dass der Status des intellektuellen Stars nicht vor lächerlichen Tierkosenamen schützt. Ich kaufte das Plüschtier.

Einmal erzählte mir Nina, dass sie hier in der Gegend einen Staudamm besichtigt habe. Sie kam jeden Sommer mit Romain im Urlaub hierher, in das von Jacky geliehene Chalet. Damals muss sie dreizehn oder vierzehn gewesen sein, und ihr Vater nahm sie zum Tauchen an einen Stausee mit. Auf seinem Grund liegt ein Dorf, das dem Bau des Staudamms geopfert wurde. Sie erzählte mir, wie sie staunend und ängstlich zugleich durch die Straßen geschwommen war, die geflutete Schule und die Kirche besichtigt hatte. Sie hatte die Fassaden betrachtet und sich gefragt, was sie fühlen würde, wenn sie dort aufgewachsen wäre, wenn ihr Kinderzimmer unter Wasser läge. Wenn der Baum, unter dem sie ihren ersten Kuss bekam, die Bank, auf der sie zum ersten Mal vor Liebeskummer weinte, der Friedhof, auf dem ihre Großeltern begraben lagen, wenn das alles unter der undurchsichtigen Oberfläche eines Wasserkraftwerks verschwunden wäre.

Ihre Miene war dabei so ernst, wie ich sie noch nie gesehen hatte. Etwas in ihr hatte sich verändert, eine Tür hatte sich geöffnet, das Bewusstsein der Vernichtung. In den Tagen darauf wirkte sie fröhlicher auf mich, lustiger. Darin ähnelt sie mir. Nie lache ich mehr, als wenn ich mir die Zerbrechlichkeit des Lebens in Erinnerung rufe, als müsste ich dringend Distanz schaffen, ein Energiefeld aufbauen.

Ich fuhr in Richtung des Staudamms und träumte von einem Flammenmeer, wie ich es irgendwo gesehen habe musste, ich weiß nicht genau, wo, sicher in einem Spiel- oder Dokumentarfilm über ferne Inseln. Menschen im Lendenschurz an einem Strand, die ihren Toten dem Ozean übergeben, auf einem Floß, das lichterloh brennend zum Horizont treibt, zwischen pompösen roten Blumen. Ich gelangte ins Tal, fuhr einen neuen Berghang hoch. War ich bereit, M. zu verbrennen? Ich wollte nicht, dass er verschimmelte, wollte ihn weder vergraben noch in irgendeinem See versenken. Ich käme mir so vor, als würde ich ihn im Stich lassen. Lieber blieb ich bis zum Ende an seiner Seite. Wenn ich ihm, während er verbrannte, die Hand hätte halten können, hätte ich es getan. Mich neben ihn legen, in Flammen aufgehen, unsere Asche vermischen.

Nein, ich hatte keine Lust zu sterben. Sicher war es deshalb so schmerzhaft. Das Leben brannte in meinen Adern. Der Alkohol der letzten Nacht war beinahe verpufft, und das gefiel mir nicht. Die Wirklichkeit gewann ihre klaren Konturen zurück.

Die Uhr im Wagen zeigte 10 Uhr 34 an, als ich an einem anderen Aussichtspunkt hielt, gegenüber dem vom Morgen. Der gleiche weite Blick, die gleiche Halbkreistafel, die gleichen Familien. Ich öffnete eine Flasche Weißwein, stellte erneut Nina Simone an. Ich hatte vergessen, ein Glas zu kaufen, also trank ich aus der Flasche. Die ersten Schlucke spülten die Migräne weg, die hinter meiner Stirn tobte. Mein leerer Magen würde diese saure Schwemme nicht begrüßen, aber auf Brioche hatte ich ungefähr so viel Lust wie auf Watte. Ich war nicht gleich betrunken. Oder nur ein kleines bisschen. Große Mengen habe ich noch nie vertragen, ich verliere rasch das Bewusstsein, glaube ich. Ich wäre gern an diesem Aussichtspunkt geblieben, hätte im Wagen getrunken, Musik gehört, mit M. gesprochen, aber es kamen nun massenweise Familien, sprudelnd, öde.

Es schien, als hätten sie sich hier verabredet, um zu essen, zu pinkeln, ein Kind kotzen zu lassen. Oder, was die weniger Glücklichen betraf, den Autositz unter Einsatz von viel Küchenpapier zu reinigen.

Es war noch nicht Mittag und der Mülleimer quoll bereits über.

Ich ertappte mich dabei, die Leute um ihre Sorglosigkeit zu beneiden. Wir waren nicht mehr im gleichen Universum. Ich betrachtete sie durch eine schmutzige Scheibe, schaute aus einer zerstörten Paralleldimension auf ihre grelle Welt. Selbst die Geräusche waren gedämpft. Ich wollte sie um Hilfe bitten, dass sie mich an der Hand nahmen und zurückzogen, zu sich. Es erschien mir selbstverständlich, dass sie mich, wenn ich schreien sollte, nicht hören würden. Ich versuchte es. Ein lang gezogenes, hohes Heulen, wild. Die Gesichter wandten sich mir zu, die Kinder gebannt, die Erwachsenen besorgt oder gleich verärgert.

Ich brauste los.

Auf der Straße legte ich an Geschwindigkeit zu, warf paranoide Blicke in den Rückspiegel. Niemand folgte mir. Sie hatten anderes zu tun.

Ich fuhr weiter zum Staudamm. Es war 12 Uhr 34. Die Tage kamen mir endlos vor. Mit M. waren sie immer sehr kurz. Am Anfang trafen wir uns morgens, gegen 9 Uhr, und trennten uns erst um 17 Uhr wieder. Ich rief das Gymnasium an, schützte irgendeine Erkrankung vor. Er delegierte seine Arbeit an die Kollegen, erfand eine unvorhergesehene Geschäftsreise.

Ich dachte nicht, dass es von Dauer sein würde, das Gefühl der Dringlichkeit ließ uns unvorsichtig werden, fiebrig. Unsere acht Stunden verpufften so schnell, dass es mich wütend machte. Wie konnte ein Unterrichtstag so lang sein und ein Tag der Liebe so kurz? Warum hatten wir keine Kontrolle über die Zeit?

Der Staudamm war eine schlechte Idee gewesen. Ich weiß nicht, warum ich mir einen leeren Strand vorgestellt hatte, Holzpfähle, die nur auf mich und meine Schnur warteten, damit ich sie in ein Floß verwandelte. Warum kein Anzünder, wenn wir schon dabei waren?

Die dunkeltürkise Wasserfläche, begrenzt durch einen endlos langen Betonwall, verschwand in der Ferne zwischen zwei Bergen. In der Mitte stach der Kirchturm ein paar Meter durch die Oberfläche. Auf dem warmen Sand fläzten sich Eltern, ungeduldige Kinder. Die Mutigsten gingen in den kalten See, sprangen von den Anlegestegen, glitten die Plastikrutschen hinunter, eine schillernde Spur Sonnenmilch hinterlassend.

Ich setzte mich abseits, die Flasche Weißwein in der Tasche. Ich stellte mir die Turbinen auf dem Grund des Sees vor. Und wenn sie plötzlich loslegen würden? Alle ansaugen, die Leiber zwischen ihren Metallblättern zermalmen?

Ich weiß nicht einmal, ob da Blätter sind oder wie eine Turbine aussieht, ich weiß überhaupt nichts.

Den Wagen hatte ich auf dem kleinen Parkplatz abgestellt, im Schatten, und hatte die Decke über M. gezogen, damit niemand ihn sehen konnte. Ich musste weg von ihm, nur für eine oder zwei Stunden. Ich wollte ihn nicht allein lassen, aber ich musste mal durchatmen. Ich nahm noch einen Schluck Wein und beobachtete die Familie ein paar Meter weiter, Papa, Mama, zwei kleine Töchter, Standard. Die Frau, schwanger, schien erschöpft. Eines der Mädchen verlangte nach etwas zu essen, sie öffnete eine Plastikbox, aus der sie Orangenschnitze holte. Die Kleine biss in einen hinein und begann dann zu weinen, weil Sand darauf war. Die Mutter wischte ihr die Hände mit feuchten Tüchern ab, die von Weitem aus waschbarer Baumwolle zu sein schienen, und öffnete eine Box mit Kiwis. »Ich mag keine Kiwis.« Das andere Kind, ein wenig jünger als seine Schwester, wollte zur Toilette. Die Mutter warf einen müden Blick zum See, in dem ihr Kerl schon zu lange vor sich hin fror. Er war zum Steg geschwommen, außerhalb ihrer Rufweite. Nicht dumm. Sie seufzte, wuchtete ihren runden Bauch hoch, nahm ihren Nachwuchs an der Hand. Die Kleine, die nicht musste, jammerte, weil sie sie begleiten sollte. Die Mutter erklärte ihr, dass sie sie nicht allein am Strand lassen könne, ohne Aufsicht, aber dem Kind war das egal, es musste eine Burg zu Ende bauen, seine Wut verwandelte sich in Geschrei, dann Geheul, dann in Sand, der in den Augen seiner Schwester landete, die daraufhin auch zu weinen anfing. Die übermenschliche Anstrengung der Mutter, niemanden zu schlagen. Wie machte sie das nur? Und warum tat sie sich das an? Dieser Moment am Strand, diese Ferien, man hatte sie als Belohnung verkauft, als Krönung nach mehreren Monaten Plackerei an einem Arbeitsplatz, der, dafür hätte ich die Hand ins Feuer legen können, ihr nicht einmal gefiel. Und ihr nutzloser Partner planschte dümmlich irgendwo herum. Wie stellte sie es an, ihn nicht zu hassen? Sie hasste ihn, da war ich mir sicher. Sie gestand es sich nur noch nicht ein, das war alles.

Ich hätte ihr gern vorgeschlagen zu tauschen, das Herz ihres Typen bliebe stehen und M.s begänne wieder zu schlagen. Ich bin mir sicher, dass sie einverstanden gewesen wäre.

Die Sonne verbrannte mir die Beine, ich fühlte es nur nicht wegen des kühlen Winds, aber die Haut färbte sich leuchtend rot. An den Schultern auch. Ich würde noch am Abend dafür zahlen. Und am nächsten Tag. Mir war nach Schmerz.

Die Flasche Wein war fast leer, ich fühlte mich immer noch allein.

Die acht Jahre seit meiner Begegnung mit M. hatten mich von meiner Schwester Audrey entfremdet. Natürlich sahen wir uns, aber das ging von ihr aus, sie musste die Initiative ergreifen. Wenn sie nicht anrief, konnte es geschehen, dass wir wochenlang nicht miteinander sprachen. Ich glaube, dass sie mir das ein bisschen übel nahm. Sie war schon immer der Meinung, dass die Beziehungen mit Männern unsere Beziehung nicht beeinflussen dürfen. Sie hat sicher recht. Die Kerle lieben und sie gleichzeitig auf Distanz halten. Sich nie verlieren und dennoch hingeben. Ich weiß nicht, wie sie das macht. Immer findet sie ihre Mitte wieder, ihr Fundament. Vielleicht hängt das mit ihren Erlebnissen zusammen. Vielleicht hat man ihr zu weh getan, als dass sie noch mal jemanden in ihr Innerstes vorlässt. Was sie nicht daran hindert zu lieben. Ich weiß, dass sie dachte, ich hätte Besseres verdient als M., aber sie kannte ihn nicht besonders gut. Auch wenn sie so taktvoll war, es nie zu sagen, sie ist meine Schwester, ich höre es. Ich weiß auch, dass sie der Meinung war, ich hätte nach Hugo eine Weile allein sein sollen. Das hatte sie mir gesagt. Dass ich, seit ich achtzehn sei, von Mann zu Mann gehe, wie man von Stein zu Stein springe, aus Angst, ins Wasser zu fallen. Sie sagte, ich solle aufhören, mich zu fürchten, in den Fluss springen und merken, dass das gar nicht so schlimm sei. Dass das sogar »total super« sei! Sie ist erhört worden.

Seit meiner Rückkehr kümmert sie sich um mich, und ich verdächtige sie, Gefallen daran zu finden. Bisher hat sie nichts gesagt, aber wenn ich eines Tages wieder spreche, wenn ich bereit bin, ihr in die Augen zu schauen, wird sie mir vorwerfen, dass ich sie nicht um Hilfe gebeten habe, dass ich entschieden habe, diese Tage allein durchzustehen. Wenn ich sie angerufen hätte, hätte sie versucht, mich zur Vernunft zu bringen, mich zu überzeugen, M. loszulassen. Das hätte ich nicht gekonnt.

Was mich nicht daran hinderte, mich in jenem Augenblick am Strand schrecklich allein zu fühlen, abgesondert von der Welt. Wie als Nina ein Baby war und ich den ganzen Tag mit ihr zu Hause blieb. Romain verließ um 8 Uhr das Haus, und der Countdown lief, ich war etwa zehn Stunden allein mit ihr, den Abend herbeisehnend. Ich zog den Gang zum Supermarkt, den Höhepunkt des Tages, so lange wie möglich hinaus. Ich brauchte zehn Minuten hin, zehn Minuten zurück und konnte hoffen, zwanzig Minuten vor Ort zu verbringen, wenn an der Kasse viel los war. Dazu wartete man am besten bis mindestens 16 Uhr, bis Schulschluss, aber am späten Vormittag knickte ich immer ein. Ich zog Nina an, band mir allzu gekonnt das Tragetuch um, eine Stimme in meinem Innern flüsterte, dass diese mütterlichen Handgriffe mich für immer in dieses häusliche Gefängnis sperren würden. Auf der Straße, im Supermarkt begegnete ich vor allem alten Menschen, und mir kam der Gedanke, dass sich unsere Tage ähnelten. Die Langeweile, die Einsamkeit, das Eingeschlossensein, dem man sich nur kurz entziehen kann, indem man bei der Post ein Einschreiben holt, einen Termin bei der Bank hat, einen Spaziergang macht, den man wegen körperlicher Wehwehchen abkürzt.

Eines Tages klingelte ein Mann, der für eine gemeinnützige Organisation tätig war, Sie wissen schon, diese Typen, die wollen, dass man einen Dauerauftrag einrichtet, indem sie fragen: »Berührt Sie das Leid der somalischen Kinder?«, und einem das Foto von einem abgemagerten Kind vor die Nase halten. Ich brach in Tränen aus, nicht wegen des Kindes, oder vielleicht ein bisschen, aber vor allem, weil da dieser Mann stand, ein menschliches Wesen, mit dem ich ein paar Minuten reden konnte. Er kam herein, ich tat natürlich so, als hätte mich sein Foto aufgewühlt, aber ich glaube, er war nicht dumm, er hat mich wohl für eine Verrückte gehalten oder für eine junge Mutter im Wochenbett. Was ich nicht war. Das Wochenbett kann mich mal. Die Hormone können mich mal. Wenn unsere Rollen vertauscht gewesen wären, wenn Romain meinen Platz hätte einnehmen müssen, wäre auch er halb durchgedreht. Diese Zeit wird uns als die schönste Zeit unseres Lebens verkauft, es heißt »Mutterschaftsurlaub«, wir Glücklichen! Und ich hatte es geglaubt. Ich hatte mir kuschelige Tage vorgestellt, das Kind würde selig in seiner Rattanwiege schlummern, die schräg einfallende Sonne Lichtsprengsel auf eine weiße Kaschmirdecke werfen, es würde nach frisch gewaschener Wäsche duften, und ich wäre in das Gesamtwerk von Dostojewski vertieft, während im Hintergrund Bach liefe. Von wegen.

Nina schlief fast nur in meinen Armen, in meinem

Bauch war ein Stich der Kaiserschnittnaht aufgegangen, ich bewegte mich in einer rechtwinkligen Krümmung, wie eine Bettlägerige. Ich wartete, bis Romain zurück war, um zu duschen, was ihm offenbar schwerfiel zu begreifen, aber er ersparte sich jeden Kommentar. Ein Vorwurf wäre mir lieber gewesen, das hätte mir Gelegenheit gegeben, ihm zu erzählen, ihm genau zu erklären, wie meine Tage aussahen, warum ich ständig nach vergorener Milch roch, warum die Wäsche und das schmutzige Geschirr sich stapelten, dass die Langeweile und die unerfüllte Hausarbeit nicht im Widerspruch zueinander standen. Ich träumte davon aufzuräumen, alles gründlich zu putzen, mit zwei freien Händen, ohne Schmerzen, ohne Müdigkeit und ohne das Gefühl der Isolierung, dieses Gefühl, in einer Parallelwelt umherzuwandern, als Zuschauerin des Lebens der anderen. Die anderen, die arbeiteten, sich mit nützlichen, wichtigen Dingen befassten.

Ich glaube nicht, dass man mir beigebracht hat, den Mund zu halten. Man hat mir einfach nicht beigebracht, ihn aufzumachen. Und man hat mich davon abgebracht, es zu versuchen. Sehr früh habe ich verstanden, dass man, um von den Männern gemocht zu werden, vermeiden sollte, ihnen auf die Eier zu gehen, eine Zicke zu sein, ein Nörgeltante, eine Furie.

Wie hat meine Schwester es geschafft, sich daraus zu befreien? Woher kommt ihre kräftige, klare

Stimme? Die Art, wie sie sich von niemandem etwas sagen lässt? Ihr Terrain verteidigt?

Und Sie? Wie machen Sie das?

Ich habe Jahre gebraucht, um das falsche Spiel zu durchschauen. Wenn ich Romain gegenüber ein Bedürfnis äußerte, eine Veränderung forderte, verweigerte er sich einfach der Diskussion, schaute woandershin, wechselte das Thema, schaltete den Fernseher ein. Woraufhin ich mich aufregte. Er, undurchdringlich, einsilbig, spiegelte mir das Bild einer nervtötenden Stänkerin, die ich befürchtete zu sein. Ich konnte lediglich wählen, ob ich es hinnahm oder mich trennte. Und ich sah mich kapitulieren, die Rolle der Märtyrerin, der *Mater dolorosa*, mit verdächtiger Emsigkeit annehmen. Mit der Zeit brauchte es den Umweg über den »Einbahnstraßenstreit« nicht mehr, ich hatte gelernt, meine Bedürfnisse zu unterdrücken, unser geteiltes Leben ordnete sich denen von Romain unter. Ich lebte zurückgezogen in meiner Resignation, aber mit erhobenem Kopf, umgeben vom Glorienschein meiner tugendhaften Opferbereitschaft, meine Haltung als leidende Heilige romantisierend. Ich war die Gute. Das befreite mich von dem Zwang zu handeln, zu kämpfen. Natürlich begriff ich das erst, nachdem ich ihn verlassen hatte.

Ich fasste den Entschluss, so etwas nie wieder zu akzeptieren, mich vor meiner Gefallsucht in Acht zu nehmen, meiner Stimme zuzuhören und sie hören zu lassen. Das ist sicher der Grund, warum ich kein weiteres Kind bekommen habe. Es ist nicht so, dass es mir im großen Ganzen nicht gefiel, Nina aufwachsen zu sehen, sie zu begleiten – kaum etwas anderes hat mir so viel Freude bereitet. Aber als ich das Schema bei mir erkannt hatte, hielt ich mich nicht für fähig, mich daraus zu befreien, und ich wollte mir das nicht erneut aufbürden. Oder es hätte einen außergewöhnlichen Mann gebraucht, einen Mann, der mitanpackt, der mich von den Gründen zu jammern wegreißt wie eine Süchtige von den Drogen. M. wäre dazu imstande gewesen, da bin ich sicher. Und ich glaube, Sie können das bezeugen. Oder vielleicht fantasiere ich jetzt, und M. taugte nicht mehr als die anderen. Über diese Wahrheit verfügen nur Sie.

Aber die Frage hat sich natürlich nie gestellt. Ich glaube, das gefiel mir an unserer Beziehung. M. hat sich nie für meinen Uterus interessiert. Ich erinnere mich an Audreys Geschrei, wenn sie ein paar Monate mit einem Mann zusammen war und er anfing, von Kindern zu sprechen. Das machte sie wahnsinnig, sie hörte auf der Stelle auf, ihn zu lieben, sie hatte das Gefühl, nur als Brutofen gesehen zu werden.

Hugo wollte am Anfang ein Kind. Ich sah mich bei ihm einziehen, eine alleinerziehende Mutter auf Arbeitssuche, während Hugo sein Retterkostüm anzog. Er tolerierte Nina, aber er wollte einen eigenen Nachkommen. Ich war damals verloren im Leben, aber nicht so verloren, dass ich eingewilligt hätte. Ich hatte Romain verlassen, fast spontan, voller Grauen bei der Vorstellung, den Rest meines Lebens so Mama und Papa zu spielen. Nina war fünf, ich wollte nicht allein bleiben. Damals sah ich das Singledasein als Übergangszeit zwischen zwei Beziehungen.

Ich kehrte zu Hugo zurück, den ich ein paar Jahre zuvor kennengelernt hatte, als ich noch mit Romain zusammen war, Nina muss sechs Monate alt gewesen sein. Damals schlief ich zum ersten Mal mit ihm.

In dem Moment habe ich nicht verstanden, dass es eine Vergewaltigung war. Audrey habe ich nie von dieser Nacht erzählt. Ich habe niemandem davon erzählt. Ich schämte mich zu sehr. Romain war mit seinen Freunden mehrere Tage zu Jacky gefahren, Krisensitzung, Marco war abserviert worden. Er fasste mich seit der Geburt praktisch nicht mehr an. Ein dummes Klischee. Irgendwann sollte mal Schluss sein mit diesem Mutter-oder-Hure-Unsinn. Natürlich hatte er es nie so formuliert. Ich war wütend, verbittert, ich musste mir beweisen, dass ich noch verführen konnte.

Ich hatte ein Profil auf einer Dating-App erstellt, falscher Name, ein fast unkenntliches Foto. Ich hatte Audrey nichts davon gesagt, weil sie Romain immer gemocht hat. Sie hätte mich gewarnt. Und ich brauchte niemanden, der mir erklärte, dass ich dabei war, Mist zu bauen.

Hugo hatte gleich reagiert. Ich hatte ihn eingeladen, in meiner Wohnung etwas zu trinken. Damals lebten wir noch in einer kleinen Zweizimmerwohnung mit dem Bett auf einer Hochebene. Er kam vorbei, ich musste innerlich lächeln, ich fand, dass er wie der Kandidat einer Spielshow aussah. Oder eher wie ein Typ, der ein gutes Geschäft riecht – das Schaufenster kündigte fünfzig Prozent Rabatt an, also trat er ein. Ich fühlte mich wie Schlussverkaufsware. Nutz die Gelegenheit, Junge, alles muss raus.

Nina schlief im Schlafzimmer.

Ich schenkte uns beiden ein, Bier, glaube ich. Er schien an diese Art von Situation gewöhnt, das entspannte mich. Der Form halber unterhielt er sich mit mir, ein Verführspiel im Schnelldurchlauf, so wie ein Fast-Food-Imbiss vage an ein Restaurant erinnert. Ich weiß, dass Audrey an diese Codes gewöhnt ist, an Treffen auf einen Drink, an Sex zum Spaß mit Kerlen, die sie kaum kennt, so wie man Minigolf oder Bowling spielt. Und ich habe sie immer ein wenig darum beneidet. Ihre fast professionelle Sicherheit, mit der sie die Männer umgarnt, eine Show abzieht, die anspielungsreichen Tänze, die wahnsinnige Energie, die sie in dem Moment ausstrahlt. Der Anflug von Abschätzigkeit in ihrem Blick, der Hauch von Überdruss angesichts des Mannes, der zu ihren Füßen niedersinkt. Das konnte ich nie. Ich konnte nie dominieren.

Bei Hugo hatte ich mich führen lassen. Er küsste mich recht bald, das war doch nicht alles, er war zum Schlussverkauf hier, nicht zum Quatschen. Ich glaube, dass ich in dem Moment erleichtert war. Ein Mann wollte mich noch küssen, ich war nicht nur ein Brutofen.

Wir gerieten in Fahrt, zogen uns aus, ich holte die Schachtel Kondome aus meiner Tasche, die ich am Nachmittag im Nachbarviertel gekauft hatte, wie eine Kriminelle. Aber er küsste mich wieder, ging darüber hinweg. Sein Körper gefiel mir, sein Geruch, seine muskulösen Arme.

Er wog bestimmt dreißig Kilo mehr als ich. Zum ersten Mal fühlte ich mich zerbrechlich und wehrlos. Das gefiel mir. Man fordert von uns, zerbrechlich und wehrlos zu sein. Nicht zu viel Raum einzunehmen. Rehe sollen wir sein, dabei war ich immer schon ein Pony. Ein sexy Pony, aber trotzdem ein Pony. Starke Knochen, runde Muskeln. Romain hatte zierlichere Handgelenke als ich. Er wog etwa so viel wie ich, war kaum größer. Hier war ich endlich in der richtigen Rolle. Ein schwererer, größerer Mann, breiter als ich, streichelte mich, küsste meine Brüste. Ich war so, wie ich sein sollte. Ich wollte ihn in mir spüren.

Aber jedes Mal, wenn ich die Hand nach der Kondomschachtel ausstreckte, hörte er auf. Ich dachte, dass er nicht wirklich Lust hatte. Er setzte sich wieder hin, schenkte sich noch ein Glas ein, zündete eine Zigarette an. Ich war nicht gekränkt. Ich schenkte mir ebenfalls nach – wovon? Ich kann mich einfach nicht erinnern. Wir rauchten Zigaretten, vielleicht einen Joint, nein, nur Zigaretten, glaube ich. Er begann mir sein Leben zu erzählen, ich erzählte ihm meins.

Ich fand ihn gut aussehend, er faszinierte mich. Der Sex konnte warten. Ich wollte nur, dass er blieb, bei mir schlief. Ich hatte auf absurde Weise Angst vor der Leere. Und ich dachte nicht an Romain. Als hätte ich ihn vergessen oder als wäre er nicht mehr in meinem Leben. Vielleicht war er das ja. Jedenfalls in diesem Teil meines Lebens. Meinem Intimleben, Sexleben. Er war mein Bruder geworden, mein Mannschaftskollege, der Vater meiner Tochter. Ich fühlte mich nicht schuldig. Ich weiß nicht mehr, wer von uns den Vorschlag machte. Wahrscheinlich er. Ich glaube, ich wäre nicht so kühn gewesen. Obwohl. Ich weiß nicht mehr. Auf jeden Fall fanden wir uns in meinem Bett wieder. In Romains Bett. Auf der Hochebene. Unser Bett oben, Ninas Wiege unten. Sie schlief, wie Babys schlafen. Ich hoffte, dass sie nicht aufwachen würde, ich wollte sie vor Hugo nicht stillen – es gab also keinen Alkohol, keinen Joint, oder ich hatte ein Fläschchen vorgesehen, ich weiß es nicht mehr. Ich wollte nicht, dass Nina aufwachte, weil ich fürchtete, er könnte gehen, wenn er meine Verwandlung in eine Mutter mitansah. Locker bleiben, unkompliziert, cool, lustig.

Wir legten uns nackt hin. Ich küsste ihn und legte mich auf ihn, immer noch hoffend, wir würden Liebe machen. Mir wäre es im Wohnzimmer lieber gewesen, auf dem Sofa, nicht hier, in meinem Bett, ein paar Meter von Nina entfernt. Aber gut ... Wenn wir leise wären, wenn wir ihren Schlaf nicht störten, warum nicht?

Plötzlich zeigte er sich zugänglicher, streichelte meinen Hintern, warf mich dann auf den Rücken, um auf mich zu kommen. Ich sagte: »Warte, ich hole die Kondome«, aber er hörte nicht auf mich. Er war sehr schwer. Er drang in mich ein. Ich wiederholte: »Warte!«, aber er war nicht mehr anwesend. Zumindest nicht mehr bei mir. Er war in mir, allein. Und er war nicht zimperlich. Plötzlich war er grob, ruppig. Ich dachte, dass er wütend war, und ich fragte mich, warum. Ich musste einen Fehler gemacht haben, wusste aber nicht, welchen. Er tat mir weh. Ich flüsterte: »Langsam«, und drückte gegen seine Schultern, um seine Bewegungen abzudämpfen. Ich musste an mein erstes Mal denken. Ach ja, das war auch auf einer Hochebene. Ein sehr junger Mann, sechzehn Jahre alt, wie ich. Da hatte ich auch die ganze Zeit wiederholt: »Langsam«, und der junge Mann war langsamer geworden.

Hier hatte der größere, kräftigere, schwerere Mann nicht auf mich gehört. Er hatte es vernommen, kein Zweifel, aber er hatte nicht auf mich gehört. Das war kein Mann mehr, den ich an mir und in mir spürte, sondern nur wütende Muskelmasse. Ein Wildschwein. Da bekam ich Angst. Ich dachte: »Einen Mann kann man zur Vernunft bringen, ein Wildschwein nicht.« Ich dachte auch: »Wenn ich ihn bitte aufzuhören, wird er es nicht tun, und es wird eine Vergewaltigung«, ohne zu begreifen, dass die Vergewaltigung bereits im Gange war. Ich dachte: »Wenn ich ihn bitte aufzuhören, er es nicht tut und es eine Vergewaltigung wird, weiß ich nicht, wie es endet. Und meine Tochter schläft direkt unter uns. Ich kann sie vor einem Wildschwein nicht beschützen.« Solange die Gewalt stillschweigend geschah, behielt ich die Illusion von Kontrolle. Ich blieb auf seiner Seite. Das machte mich zur Komplizin, aber das war weniger riskant, als seine Gegnerin zu werden. Ich war einem Kampf nicht gewachsen. Oder vielmehr glaubte ich mich einem Kampf nicht gewachsen. Denn in Wirklichkeit war ich es. Dreißig Kilo Unterschied, das ist doch nichts. Das war kein Wildschwein, nur ein Mann. Und ich war kein Reh. Aber seit ich denken kann, hat man mir gesagt, dass Männer stärker sind, gefährlich. Frauen sind die Opfer, Männer sind die Aggressoren. Und ich habe mich nicht getraut, das zu überprüfen. Das war nicht der geeignete Moment.

Ich wählte die vorsichtigste Strategie: warten, bis er fertig ist, auch wenn ich dabei ein paar Federn lasse. Ich rief mir meinen Geburtsvorbereitungskurs in Erinnerung: Je mehr ich mich verspanne, desto intensiver ist der Schmerz und desto größer ist das Risiko für Risse. Atmen. Ich spielte Seestern. Regungslos. Atmen. Ich dachte an den Artikel in einer Frauenzeitschrift, der beschrieb, welches Verhalten man ablegen sollte, um nicht »schlecht im Bett« zu sein. Der Seestern gehörte dazu. Das ist lustig. Durch Vergewaltigung werden wir schlecht im Bett.

An keiner Stelle hinterfragte der Artikel die Gründe, warum man sich in einen Seestern verwandelt (Angst, Erstarrung, Schmerzmanagement, Langeweile, Resignation?). In keiner Zeile stellte er die einzig wahre Frage: Was bringt einen Mann dazu, in einem Seestern zu kommen?

Ich wartete, bis es vorbei war, in der Annahme, dass es nicht lange dauern würde. Tatsächlich ejakulierte er schnell. In mich hinein. (Verhütung? Nicht sein Problem. Sexuell übertragbare Krankheiten? Haha!) Später erfuhr ich, dass Hugo Kondome nicht mochte. Anstatt mir das zu sagen, hat er es erzwungen.

Er richtete sich wortlos auf, ging hinunter ins Wohnzimmer. Ich wusste nicht genau, was ich jetzt wollte. Sollte er gehen oder bleiben? Wenn er ginge, würde sich das eben Geschehene in eine Vergewaltigung verwandeln, dachte ich. Ohne zu begreifen, dass es bereits eine war. Ich lag nackt auf dem Bett und rührte mich nicht, die Beine gespreizt. Mein Körper fühlte sich sonderbar an. Er sandte mir Botschaften, losgelöst von meinem Gehirn. Das Gleiche hatte ich ein paar Monate zuvor beim Gebären gespürt. Der Körper sendet Botschaften, als versuchte er, die Verbindung zum Kopf wiederherzustellen. Signale, die brüllen: »Beschütze mich!« Aber der Kopf hört nicht hin. Für den Kaiserschnitt wurde ich auf dem

Tisch fixiert, mit gekreuzten Armen und offenem Bauch, die Hände des Gynäkologen in meiner Gebärmutter, wo sie das Kind packten und herauszogen. Da ist es normal, dass der Körper in Panik gerät. Aber der Kopf beruhigt ihn, erklärt ihm, dass es nicht anders geht. Wir sind im Krankenhaus, da ist die scherzende Hebamme, überall Ärzte, leises und gleichmäßiges Piepen.

Doch nun wusste ich nicht, was ich meinem Körper sagen sollte. Ich glaube, ich war traurig. Und voller Bedauern. Ein paar Tränen liefen.

Das Klacken eines Feuerzeugs, der Geruch des ersten Zugs. Ich liebe diesen Duft. Ich hörte zu, wie er rauchte. Ich wusste, dass das Wildschwein ihn verlassen hatte. Ich fühlte es an der Beschaffenheit der Stille. Woran er wohl dachte? Ich versuchte, mich an den Mann zu erinnern, mit dem ich den Abend verbracht hatte. Natürlich machte er sich Vorwürfe. Er war reflektiert, schlau, empathisch. Sonst hätte ich ihn nicht zu mir eingeladen. Ich hätte ihn nicht in mein Schlafzimmer, in das meiner Tochter gelassen. Ich bin ja nicht verrückt. Wildschweine lasse ich nicht herein.

Wieder das Klacken des Feuerzeugs. Wieder der Geruch des ersten Zugs.

Ich fragte mich, wie ich reagieren würde, wenn er wieder zu mir ins Bett käme. Ihn wegschicken? Und wenn er sich wieder in ein Wildschwein verwandelte?

Und dann bekam ich Angst vor dem Alleinsein. Ich glaube, ich wollte in den Armen des freundlichen, sanften und umsichtigen Mannes schlafen, mit dem ich den Abend verbracht hatte. Ich brauchte Trost. Ich dachte an Romain, hatte Gewissensbisse. Dann fiel mir Audrey ein, und ich nahm mir vor, ihr nie zu erzählen, was gerade geschehen war. Weil sie meine Schwester ist. Ich wusste, welchen Schmerz und welche Wut das in ihr auslösen würde. Und sie hatte auch so schon genug Schmerz und Wut zu ertragen.

Warum erzähle ich es also Ihnen? Ich weiß es nicht. Vielleicht, weil es zu meiner Vergangenheit gehört und alles, was meine Vergangenheit betrifft, auf die eine oder andere Art meine Geschichte mit M. betrifft. Oder vielleicht scheint es mir auch nur gerecht, Ihnen etwas Intimes anzuvertrauen, das ich bisher niemandem erzählt habe – im Tausch dafür, was ich Ihnen genommen habe. Bisher habe ich mit niemandem darüber gesprochen, weil ich dachte, dass es nicht so schlimm sei, dass ich damit allein zurechtkomme, und ich hatte recht, es war nicht so schlimm.

Was mich an dieser Sache interessiert, ist meine Angst, diese Gewissheit, schwach zu sein. Was mich interessiert, ist die Feststellung, dass ich diese Gewissheit heute abgeschüttelt habe, ich habe sie besiegt dank der Frauen, die ich habe kämpfen sehen, dank Audrey. Ich habe ihre Kraft gesehen und verstanden, dass es auch meine war. Auch dank M.

Aber in dem Moment war ich vor Furcht erstarrt. Ich lauschte der Stille, schaute, ob sich etwas bewegte.

Zwei Zigaretten. Komisch, oder? Warum raucht man zwei Zigaretten hintereinander? Und allein? Warum bot er mir nicht an, zu ihm zu kommen? Woran dachte er? Was ging in seinem Kopf vor, verdammt? War er immer noch wütend? Und woher kam diese Wut? Was hatte ich getan?

Er kam zurück. Seine Schritte waren langsam, wie die von jemandem, der mitten in der Nacht aufsteht, um aufs Klo zu gehen. Barfuß auf dem alten grauen Teppichboden. Er kletterte die Leiter hoch. Dann hielt er einen Moment inne, fragte: »Alles in Ordnung?«

Ich realisierte, dass ich mich nicht gerührt hatte. Er fand mich in der gleichen Position wieder, in der er mich zurückgelassen hatte, zwei Zigaretten zuvor, nackt auf der Decke, mit gespreizten Beinen. Ich hörte seinem »Alles in Ordnung?« an, dass er genau wusste, dass nichts in Ordnung war und warum. Ich glaube, das hat mich ein bisschen beruhigt. An meine Antwort kann ich mich nicht mehr erinnern. Sagen wir, ich habe gesagt: »Ja.« So wie ich mich kenne, habe ich bestimmt »Ja« gesagt. Weil ich keine Probleme wollte. Und da ich das gesagt habe, war doch eigentlich wirklich alles in Ordnung. Das Wildschwein war verschwunden, die Gefahr gebannt, ich hatte nur ein paar Schmerzen, nicht schlimm.

Ich mag keine Konflikte. Ich sauge alles in mich

auf wie ein Schwamm. Sagen wir, dass ich in dem Fall alles ordentlich aufgesogen habe. Meine Vagina ebenso.

Außerdem vermied ich es so, aus ihm einen Dreckskerl zu machen. Wenn es nicht schlimm ist, ist nichts weiter geschehen. Wenn nichts weiter geschehen ist, existiert das Wildschwein nicht. Was für eine Wahnsinnsmacht ich besitze! Wenn ich entscheide, dass er mich nicht vergewaltigt hat, hat die Vergewaltigung nie stattgefunden. Einfach magisch. Kein Schmerz, also kein Opfer, also kein Verbrechen. Bitte weitergehen, hier gibt es nichts zu sehen.

Und dann muss ich mich ja auch in ihn hineinversetzen. Ich habe ihn sicher verärgert mit meiner Vorstellung von Kuschelsex. Er muss gedacht haben: »Was willst du? Da!« Es ist tatsächlich meine Schuld. Voilà. So ist es einfacher.

Ich wartete, bis er einschlief, bevor ich ebenfalls einschlief.

An den nächsten Morgen kann ich mich kaum erinnern. Ich muss aufgestanden sein, als ich Nina hörte. Ich kannte ihre Atmung, die Geräusche eines aufwachenden Babys. Erinnern kann ich mich hingegen, sie auf dem Sofa gestillt zu haben. Wie stark und verbunden wir mir vorkamen.

Ich habe ein sehr klares Bild von diesem Augenblick. Die Gewissheit, dass dieses Mädchen die Welt retten wird. Oder zumindest sich selbst. Ich gab ihr das Versprechen, nie wieder ein Wildschwein in unser Haus zu lassen. Ich wusste nicht, dass ich sie anlog.

Hugo muss sich einen Kaffee gemacht, am Fenster geraucht haben und mit einem »Bis dann« gegangen sein. Wir riefen uns nicht an. Nun, nicht bevor ich mich fünf Jahre später von Romain getrennt habe.

»Hallo!«

Am Strand baute sich ein großer blonder Typ mit englischem Akzent vor mir auf. Er sah aus wie ein Surfer oder Extremsportler, schlanker Oberkörper, gebräunt, von Sand und Sonne ausgetrocknetes Haar, orangefarbene Sonnenbrille.

»Wir spielen eine Runde Volleyball und uns fehlt jemand, willst du mitmachen?«

Wie lange war es her, dass ich angemacht worden bin wie eine Zwanzigjährige? Wo waren die neunzehn Jahre hin, die mich von der jungen Frau trennten? Was hatte ich in all der Zeit gemacht? Der Blick des Typen rüttelte mich auf, entriss mich meinem Alter und warf mich in seines, einfach, leichtlebig, in dem man am Strand flirtet und Sex auf LSD in umgebauten Vans hat. Sollte es so einfach sein? Ich hörte mich »Ja« sagen, und alles löste sich auf, die Zeit, der Tod, M.

Ich hatte nichts zu verlieren. Ich hoffte nur, dass mir nach der Flasche Weißwein beim Sport nicht schlecht werden würde.

Der Engländer hieß Justin. Er und sein Kumpel Michael waren zu Besuch bei Eddy, einem ihrer Kindheitsfreunde, der in der Gegend lebte. Den dreien fehlte wirklich jemand zum Beachvolleyball spielen. Aber ich glaube, er hat mich nicht zufällig ausgewählt. Ich hatte schon immer lange, muskulöse Beine in meinen Jeansshorts und mein weißes Top ließ meine Schultern frei. Ich habe sehr schöne Schultern.

Oder vielleicht hatte Justin meine Verzweiflung gesehen und wollte nett sein. Egal.

Wir spielten Volleyball, dann luden sie mich zu ihrem Strandpicknick ein. Sie zündeten ein Feuer an, grillten Fleisch. Eddy besaß eine Firma, die Gleitschirmkurse anbot. Er erzählte mir aus seinem Leben, er wohne gleich auf der anderen Seite des Sees – ob ich das Schieferdach zwischen den Bäumen sehen könne? –, mit seinem Freund Félix, der vielleicht später noch zu uns stoßen werde. Es wurde Nacht am Stausee, es musste 21 Uhr sein. Ob M. mir böse war, weil ich ihn allein gelassen hatte? Es kam mir so vor, als könnte mein Leben hier und jetzt neu beginnen. Ich fühlte mich in der Gesellschaft dieser Jungs, die ich nicht kannte, wie neu. Und was, wenn ich alles vergäße? M., Nina, Audrey, Romain, meine Mutter, meine Freunde, meine Arbeit? Neu anfinge, mich im Gleitschirmfliegen ausbilden ließe oder mit Justin nach England ginge? Mein Auto auf dem Parkplatz zurückließe, M. zurückließe. Irgendjemand würde ihn schon finden und das Nötige veranlassen. Nachdem

Justin mir einen Joint gereicht hatte, holte er seine Gitarre hervor. Michael begann zu singen, mit einer Stimme wie Tom Waits. Die anderen erklärten mir, dass er fast »Pop Idol« in England gewonnen hätte. Mit vom Alkohol aufgeweichter Aussprache antwortete ich, dass er gewonnen hätte, wenn ich in der Jury gesessen hätte. Ich zog stärker am Joint, als ich es zu normalen Zeiten getan hätte, ließ mich in den Sand sinken, der mir wärmer vorkam als am Nachmittag. Ich dachte an die Schwangere, ihre Töchter und ihren blöden Kerl. Ich stellte sie mir zusammen im Bett vor, er in eine Biografie von Steve Jobs versunken, sie im Sitzen, den Bauch mit einer Lotion gegen Schwangerschaftsstreifen eingeschmiert und sich die Hände mit blumig duftender Feuchtigkeitscreme einreibend, bevor sie das Licht ausschaltet, wie in einem amerikanischen Film. In meiner Schwangerschaft hatte ich das Gleiche versucht, das Leben schien so einfach und ordentlich in unserem Vororthäuschen, mit zwei SUVs in der Einfahrt und einer Tube Rosenbalsam auf dem Nachttisch. Nur schaffte ich es, die Bettwäsche zu bekleckern, die schließlich einen Geruch von ranzigem Öl annahm, der unmöglich herauszubekommen war.

Eddy, Michael und Justin sangen ›Blue Moon‹.

Wenn ich sie freundlich gefragt hätte, hätten sie mir geholfen, ein brennbares Floß für M. zu bauen, da gehe ich jede Wette ein. Ich hätte angeführt, dass sie mir etwas schuldig seien, weil ich ihnen beim Volleyball aus der Patsche geholfen hatte. Eddy und Michael hätten Hölzer geholt, Justin und ich kleinere Äste und Zweige, sie hätten sie mit faszinierender Behändigkeit zusammengebunden, und alles wäre vor Morgengrauen fertig gewesen. Ich hätte zugeschaut, wie M. auf dem dunklen Wasser davongleitet, und gehofft, dass er nicht zum Kirchturm treibt. Ich wollte mir nicht vorstellen, wie sein Floß im Dunkeln gegen die Schieferspitze stößt, die Kirche seinen Geist unter die Oberfläche zieht wie ein schwarzer Stern, ihn zwischen den Steinen einschließt, in denen gesichtslose, ausgehungerte Wesen spuken. Dort unten lag eine andere Welt, verbunden mit dem oberen See, eine Welt, die mir M. nehmen, ihn verschlingen wollte.

Wegen des Joints schlief ich ein, vielleicht eine halbe Stunde. Als ich aufwachte, hatte Justin mit dem Gitarrenspiel, Michael mit dem Singen aufgehört. Sie unterhielten sich. Ich gähnte, rieb mir die Augen, Justin streichelte zerstreut meinen Arm, als wären wir zusammen. Eddy erzählte uns von irgendeiner Verbrennung. Ich verstand, dass Félix, sein Freund, sich im letzten Winter heißes Öl über den Arm gegossen hatte, als sie eines Abends Burgunder Fondue machten. In meinen Augen vor allem eine stinkende und gefährliche Angelegenheit, aber es war nicht der Moment für eine Debatte. Eddy erzählte, dass die Nachbarn die *Bouniane* geholt hätten, eine Feuerheilerin. Er glaube nicht daran, Félix auch nicht, aber sie sei gekommen, und nach einer halben Stunde gemurmelter Gesänge und Handauflegen sei die Brandwunde fast nicht mehr zu sehen gewesen. Dann sei sie wieder gegangen, eine Bezahlung habe sie abgelehnt. Romain und Jacky hatten mir schon von dieser Frau erzählt. Ich hatte diesen Dingen nie viel Beachtung geschenkt. Ich glaube weder an Astrologie oder Kartenlegen noch an die Versprechen des Liberalismus. Aber ich liebe die Geschichten, die Folklore, die das Okkulte umgeben. Das erinnert mich an die Zeit vor meiner Pubertät, an die Pyjamapartys, bei denen wir uns im Schein der Taschenlampen Gruselgeschichten vorlasen.

Um der Bouniane zu danken, erzählte Eddy, sei er eines Tages hoch zu ihrem Haus im Wald gestiegen, abseits des Dorfes, aber es sei ihm nicht gelungen, sich ihm zu nähern. Etwas habe ihn gehindert, er könne nicht sagen, was. Als er auf das Haus zugegangen sei, hätten ihn seine Kräfte verlassen und eine unbegründete Angst sei in ihm aufgestiegen.

Als Eddy das sagte, zerbröckelte die Illusion von Normalität, in der ich seit ein paar Stunden gelebt hatte, wie ein Bühnenbild aus Gips.

M. wartete im Auto auf mich, ich hatte ihn allein gelassen.

Ein Gummiband schnalzte durch meinen Körper.

Das Gleiche müssen Eltern fühlen, die in sengender Hitze ihr Baby im Auto vergessen haben. Ich habe oft versucht, mich in sie hineinzuversetzen, versucht, mir den Schrecken, den Schwindel, den dunklen Abgrund vorzustellen, der sie verschluckt, wenn es ihnen wieder einfällt.

Ich stand auf, stotterte eine Entschuldigung. Mein Blick fiel auf den riesigen schwarzen Stausee. Er sah aus wie ein Ozean aus Teer. Die andere Welt zitterte unter der Oberfläche, das fühlte ich. Wie viele Körper ruhten dort unten? Hatte man die Gräber auf dem Friedhof exhumiert, bevor man das Dorf begrub? Wo waren die Toten? Etwas erwachte in diesen Gewässern, schleimige Leichen regten sich, verweste, lachende Hampelmänner, die ihre fleischlosen Arme aus dem Wasser strecken und M. mit sich ziehen würden, um mich zu bestrafen, weil ich ihn zurückgelassen hatte. Und ich würde ihn nie wiedersehen. Mein Kreislauf zwang mich, in die Hocke zu gehen. Die drei jungen Männer umringten mich, um mich zu stützen, mir den Rücken zu streicheln. Langsam, setz dich. Ich musste zurück zu M. Auf der Stelle. Bevor die Arme aus dem Wasser ragten. Ich richtete mich auf, kämpfte gegen die Übelkeit. Meine Schläfen pochten, vor meinen Augen flimmerte es weiß.

»Warte, wo willst du hin?«

Justin folgte mir.

»Ich muss gehen.«

M. wartete auf mich, bestimmt weinte er, war außer sich. Was hatte mich nur geritten? Der Sand, das Haschisch und der Alkohol beeinträchtigten mich beim Gehen. Ich durchquerte das Pinienwäldchen, das den Strand vom Parkplatz trennte. Die Nacht war hell, eine Taschenlampe war nicht nötig, man konnte fast sehen wie mitten am Tag. Justin lief immer noch neben mir, aber er stellte keine Fragen mehr.

Atemlos erreichte ich den Parkplatz. Mein Herz blieb stehen. Der Platz war leer. Vollkommen leer. Kein einziges Auto.

Der Winter vor meiner Begegnung mit M. war mir lang vorgekommen. Er schien nach den Sommerferien begonnen und lange nach dem Erblühen der japanischen Kirschbäume in meiner Straße geendet zu haben. Nun, in der Straße, in der ich mit Hugo, dem Wildschwein, wohnte. Von unserem Bett aus beobachtete ich, wie die weißen Blüten durch das pudrige Morgenlicht wirbelten, unfähig, mich daran zu erfreuen. Nichts schien mich aufwärmen zu können. Ich schleppte mich jeden Tag in die Schule, kämpfte lustlos dagegen an, meine Schüler und mein Leben zu hassen. Für Hugo ging es beruflich steil bergauf. Er hatte vor ein paar Jahren seine Firma gegründet, irgendwas mit ausgelagertem Kundenservice für Fluggesellschaften. Er verkaufte heiße Luft, aber es funktionierte, gerade hatte er zu seiner großen Freude einen Vertrag mit einem Konsortium von Reiseagenturen geschlossen. Wenn er abends nach Hause kam, erzählte er mir von den Erfolgen des Tages, von denen ich, so dachte ich, nichts begriff. Schließlich wurde mir klar, dass es mich nicht interessierte. »Ohne Interesse kein Verstehen« trichterte ich damals meinen Schülern ein, ohne zu bemerken, dass ich die Worte an mich selbst richtete. Hugos Welt interessierte mich nicht, weil sie mich traurig stimmte. Erst ein paar Monate nach unserer Trennung gelang es mir, die genaue Ursache dieser Traurigkeit auszumachen. Es war sein Vokabular. Management, CEO, Implant, Data, Digitalisierung, Customer, Flow, Kunden-Experience, Human Resources, Target. Seelenloses Vokabular aus einer anderen Welt. Hugo und ich sprachen nicht die gleiche Sprache. Obwohl er ein intelligenter Mann war. Vielleicht war es auch das, was mich betrübte. All diese vergeudete Intelligenz.

Aber ich schlief gern mit ihm. Weil ich damals nicht wusste, wie Sex sein konnte. Ich dachte, dass ein Akt ohne Schmerzen, ohne Angst, mit einem Orgasmus ein gelungener Akt wäre. Und Hugo hat mir seit unserem ersten Mal nie wieder weh getan.

Er war immer noch groß, schwer, dominant, und das gefiel mir. Ich war an meinem Platz. Er begann immer damit, mich zu lecken, bis ich einen Orgasmus hatte, so war das erledigt. Dann drang er in mich ein und kam in mir. Ich glaube, er hoffte, mich zufällig zu schwängern, aber ich verhütete sorgfältig.

Schon ein paar Monate nach meinem Einzug begann er von Kindern zu sprechen. Ich glaube, es entsprach seiner Vorstellung von einer erfolgreichen Existenz. Er kam aus einer traditionellen katholischen Familie mit polnischen Wurzeln. Ich mochte seinen Vater sehr, ein solider, geradliniger und fröhlicher

Mann, der aus einer anderen Zeit zu kommen schien. Er ging jeden Morgen zum Grab seiner Frau, Hugos Mutter, die ein paar Jahre zuvor an Leukämie gestorben war. Er war Baustellenleiter, und die Worte, die er benutzte, gefielen mir, sie waren wirklichkeitsnah, handfest, Worte, die man anfassen kann, die einen Geruch haben, einen Geschmack.

Er war ein richtiger Patriarch, er definierte sich nur über seine Rolle als Vater und Ehemann. Ihm zufolge ergab das Leben nur durch Fortpflanzung Sinn. Er fragte Hugo oft: »Du arbeitest viel, aber wofür? Was nützt dir dein Geld, wenn du keine Familie hast?« Hugo war so taktvoll, nicht zu verraten, dass ich diejenige war, die kein Baby wollte. Er lächelte: »Das wird schon kommen, wir haben Zeit.« Während ich dies schreibe, frage ich mich, ob es wirklich Takt war. Vielleicht schämte er sich nur, weil er die Entscheidungen nicht allein treffen konnte. Weil er mit einer Frau zusammen war, für die Mutterschaft nicht der größte Traum war.

Während er auf eigene Enkel wartete, schenkte Hugos Vater seine Zuneigung Nina, die er mit Geschenken überhäufte. Ich mochte den Mann, weil er freundlich war. Und weil ich spürte, dass sein Chauvinismus brüchig war, auch wenn er tief in seiner Erziehung verankert war. Nach meiner Trennung von Hugo fehlte mir am meisten sein Vater. Vielleicht rufe ich ihn eines Tages an, sollte ich dieses Zimmer wieder verlassen.

In dem Jahr war der Frühling also schon weit fortgeschritten und mir war immer noch kalt.

Ich würde gern eine wahnsinnig originelle Geschichte über meine Begegnung mit M. erzählen. Aber die gibt es nicht.

Die Umstände sind nicht wichtig. Ein Fest bei gemeinsamen Freunden. Hugo war bereits nach Hause gegangen, er hatte am nächsten Morgen eine wichtige Sitzung mit Investoren. M. kam spät, es waren schon nicht mehr viele da, vielleicht zehn, die auf den Sofas saßen und rauchten. Er setzte sich neben mich, ich reichte ihm eine Flasche Bier, er versuchte vergeblich, sie mit einem Feuerzeug zu öffnen, also tat ich es, er lachte, ein bisschen verwirrt. Später erzählte er mir, dass er schon bei seinem Eintreffen ganz schön durcheinander war, ich aber sah nur einen netten Kerl, der mich zum Lachen brachte. Und seine weiß gesprenkelten Schneidezähne, die ich bezaubernd fand.

Ich fragte ihn nach seiner Arbeit, also erzählte er kurz etwas zu seinen Recherchen, zu der Überwachung der Forellen- und Biberbestände, darüber, wie oft er den Wald durchkämmte. Ich fragte mich, warum er in der Stadt lebte. Er erinnerte an ein Tier außerhalb seines natürlichen Habitats. Seine feingliedrigen Hände beschrieben das Beringen von Vögeln, das Notieren in Heften, die Entnahme von Erdproben. »Und du?«, fragte er, also sagte ich ein paar banale Dinge über den Lehrerberuf, während ich beobachtete, wie er mich beobachtete, mit einem vertrauensvollen und einem skeptischen Auge. Das skeptische wusste, was es suchte, die Spur von etwas, das er fürchtete, ich wusste nicht, was.

Er trug keinen Ehering, aber er erwähnte Sie bald, kein falsches Spiel in dieser Sache. Ich hörte mich von Hugo sprechen, meine kleine Selbstüberzeugungsnummer: »Er ist nicht immer nett zu Nina, aber das wird schon, er braucht Zeit.« Ich traute mich nicht, mir meine Angst vor dem Alleinsein einzugestehen. Und niemanden zu haben, mit dem ich die Miete teilen konnte.

Das Reden fiel mir leicht, M. ebenso, es war so einfach, der Rhythmus unseres Gesprächs perfekt, nichts daran war holprig. »Und du?«, fragte er oft, nachdem er mir geantwortet hatte. Ich weiß nicht recht, warum, aber diese beiden Wörter erinnerten mich an die Neugierde, wenn ich im Pausenhof neben einem Freund saß und wir gemeinsam den Inhalt unserer Brotboxen entdeckten, bevor wir ihn genüsslich teilten. Wir tranken Bier und ignorierten die anderen, die sich nach und nach verabschiedeten. Ich musste auf die Toilette, zwang mich aber einzuhalten, aus Angst, die Unterhaltung zu unterbrechen. Ich weiß nicht mehr, worüber wir alles sprachen, aber wir konnten nicht aufhören. Erst als ein müder Gastgeber uns bat zu gehen, bemerkten wir, dass wir die Letzten waren, die noch im Wohnzimmer saßen. Wir trennten uns an einer Metrostation.

Als ich in dieser Nacht die Tür zu meiner Wohnung öffnete, fühlte es sich an wie das Nachhausekommen nach dem ersten Schultag, wenn man einen neuen Freund gefunden hat, sich freut, ihn am nächsten Tag wiederzusehen, und weiß, dass er noch lange da sein wird. Ich glaube, darin besteht meine Verbindung mit M. Eine tiefreichende Übereinkunft, eine gemeinsame Sprache, eine unerschütterliche Treue. (Ich weiß, dass es unangebracht wirkt, hier von Treue zu sprechen. Doch M. war treu. Er blieb. Er log aus Not, er hinterging Sie auf gewisse Weise, aber er ging nicht, er verließ niemanden.)

M. war vor allem mein bester Freund.

Wir trafen uns ein paar Tage später auf einen Kaffee wieder, am frühen Abend, glücklich wie Kinder, neugierig auf den anderen, ohne Plan. Von Verliebtheit keine Spur.

So ging es ein paar Wochen lang, eine Tasse Kaffee am frühen Abend.

Dann, eines Tages, sah ich ihm nach, wie er nach einer Stunde Geplauder die Bar verließ – es war ein Freitag, und ich wusste, dass ich ihn nicht vor Montag wiedersehen würde –, und es fühlte sich an, als würde man mir ein lebensnotwendiges Organ herausreißen. Ganz schön dumm, ich weiß. Da trifft man sich regelmäßig mit einem Unbekannten und sieht die Liebe nicht kommen? Ernsthaft? Ja, ernsthaft.

Das Wochenende über sondierte ich meine Gefühle. Ich stellte mir vor, ihn zu küssen, zuerst war es ein zaghafter Gedanke, als wäre bereits die Vorstellung eine Grenzüberschreitung, nicht gegenüber Hugo, aber gegenüber M., unserer Freundschaft. Der zaghafte Gedanke an einen Kuss wurde mutiger und machte dann dem an seine Hände auf meinen Hüften Platz, und am Sonntagabend schrieb ich ihm mit zitternden Fingern eine Nachricht, in der ich für den nächsten Tag ein Treffen auf einen Kaffee vorschlug. Eine neutrale, normale Nachricht, ich wollte nichts durchscheinen lassen. Ich wollte ihn sehen, ihn reden hören, seinen Mund betrachten, mir wieder einen Kuss vorstellen, dieses Mal in seinem Beisein, seine Hände anschauen, sie mir auf meinen Hüften vorstellen. Nach Indizien für seine Anziehung auf mich suchen.

An jenem Sonntagabend hatte Hugos Lust obszön auf mich gewirkt.

Das Pochen an meinen Schläfen wurde stärker, ich hätte mir am liebsten die Haare ausgerissen, um den Druck auf meinen Schädel zu mindern.

»Hast du hier geparkt?«

Sein englischer Akzent ging mir auf die Nerven.

»Ja!«

Mir war kalt, ich schwitzte, ich musste Fieber haben.

»Bist du dir sicher?«

»Ja, ich bin mir sicher, verdammt!!!«

»Reg dich nicht auf, wir finden dein Auto, es muss ja eine Erklärung geben.«

Man hatte ihn geklaut, das war die einzige Möglichkeit. Man hatte mir mein Auto geklaut und M. gleich mit. Er war so verletzlich, was würden sie ihm antun? Ihn in eine Schlucht werfen?

Sein Körper, sein wundervoller Körper würde gegen die Steine schlagen, sich an trockenen Zweigen aufkratzen.

Ich hörte Justins Stimme wie durch Watte.

Er nahm meine Hand und führte mich zurück zum Strand. Meine Beine gehorchten, mein Atem ging pfeifend.

Und wenn es die Polizei war? Wenn sie mich bereits gefunden hatten? Wenn das ihre Strafe war? Mir M. wegnehmen und nichts sagen. Ihn ins Leichenschauhaus bringen. Vielleicht wurde er in diesem Moment von Latexhänden ausgezogen, von Händen, die ihn nicht liebten, die nicht wussten, wer er war, die nicht mit ihm sprachen. Sie würden ihn in eine Kühlkammer schieben, nackt und allein.

Eddy packte mein Gesicht, ein wenig brutal, wie um mich wachzurütteln.

»Hey! Der Parkplatz schließt um 21 Uhr. Wusstest du das nicht? Es steht ganz groß am Eingang.«

»Was?«

»Sie müssen dein Auto abgeschleppt haben, wir rufen dort an, das ist nicht schlimm.«

Michael legte trockenes Holz aufs Feuer. Seine Sorglosigkeit ärgerte mich, wie Justins Akzent. Die Bilder gerieten durcheinander. Die Polizei, die Suchscheinwerfer, M.s Körper, der Abschleppwagen, die Wagentür. Warum waren sie nicht zum Strand gekommen, bevor sie ihn mitgenommen hatten? Warum hatten sie nicht daran gedacht, dass ich hier sein könnte, nur ein paar Dutzend Meter weiter?

»Müssen sie das Auto öffnen, um es mitzunehmen?«

»Ja, ich glaube, um die Handbremse zu lösen.«

Ich ließ mich zu Boden fallen. Die anderen umringten mich, drei geschäftige Schatten.

Das Atmen fiel mir schwer, mein Brustkorb verkrampfte sich, wurde steif, konnte sich nicht mehr weiten, um Luft hereinzulassen. Hat M. bemerkt, dass er ertrank? Oder war er bewusstlos, als es geschah? Ist er ertrunken, weil sein Herz stehen blieb oder umgekehrt?

Justin fuhr mir mit einem feuchten Tuch über die Stirn.

»Es tut mir leid, ich hätte dich nicht rauchen lassen sollen, ich wusste nicht, dass du so reagieren würdest.«

Er ging mir mit seinem Paternalismus ganz schön auf die Nerven.

»Was ist dein Kennzeichen?«

Eddy hatte diese Frage gestellt, das Smartphone am Ohr.

Ich antwortete. Eddy wiederholte. Stille. Die Hände der Toten konnten immer noch aus dem schwarzen Wasser kommen. Im Übrigen waren bestimmt sie es, die mir die Lunge einquetschten, mich am Atmen hinderten.

»Okay, danke. Muss sie persönlich kommen oder kann jemand für sie kommen? ... Okay, wir sind unterwegs.«

Er legte auf.

»Sie haben es. Aber sie sagen, dass du es selbst abholen musst. Schaffst du das?«

Ich setzte mich auf.

War das eine Falle? Wartete dort die Polizei auf mich? An ihrer Stelle hätte ich es nicht anders gemacht. Ich hoffte, sie würden mir erlauben, mich von M. zu verabschieden, bevor sie ihn mitnahmen. Ich war bereit.

Der erste Kuss ließ auf sich warten. Ich würde gern sagen, dass es eine bewusste Entscheidung von uns war, aber in Wahrheit waren wir nur schüchtern. Oder rücksichtsvoll. Ich hatte Angst, das Geschöpf in die Flucht zu schlagen, das zwischen uns erstand, das wir mit unseren Gesprächen fütterten, der Musik, die wir einander schickten, dem täglichen »Guten Morgen, hast du gut geschlafen?«, den dröhnenden Anspielungen ... Ich weiß nicht, ob ich mir darüber bewusst war, was M. für mein Leben bedeuten würde. Bestimmt nicht. Heute schaue ich gezwungenermaßen anders auf das Geschehene. Wenn M. mich enttäuscht hätte, würde ich wahrscheinlich nicht in so hohen Tönen über unsere Geschichte sprechen. Ich würde die eine oder andere Schwäche erwähnen, die ich natürlich gleich zu Beginn an ihm bemerkt hatte. Erinnerungen entfalten sich im Licht der Gegenwart. Und diese Gegenwart rückt M. für immer in ein gutes Licht.

Wir hatten uns in einer Bar in der Innenstadt verabredet. Eine Jazzbar, die am frühen Abend wenig besucht war, seine Idee. Ich weiß nicht, was er Ihnen erzählt hat, wo und mit wem er angeblich den Abend verbrachte. Er traf zu früh ein, ich zu spät, wie immer. Er wartete auf der samtbezogenen Bank am Fenster, vor sich einen Cocktail. Welchen, kann ich nicht mehr sagen, etwas mit einer Olive, ich vermute, ein Martini. Ich bestellte einen Caipiroska und setzte mich, in Jeansshorts und einem an der Taille geknoteten Hemd, neben ihn auf die Bank. M. kaute auf dem Zahnstocher, an dessen Ende die Olive gewesen war. Wir sprachen über An Pierlé, deren Lied gerade aus den Lautsprechern kam. Ich würde mich gern erinnern, welches … Auf jeden Fall nicht ›Kiss me‹. Wie auch immer, das Gespräch zählte nicht. M.s Nervosität nahm alles ein, floss zwischen uns, in jedes Schweigen, wie ein explosives Gas. M. versuchte erfolglos, sie einzudämmen, und ich versuchte vergeblich, mich nicht anstecken zu lassen. Wir waren es gewohnt, miteinander etwas zu trinken, aber nicht hier, nicht zu dieser Zeit, und vor allem sollte dem Drink heute ein Essen im Restaurant folgen. Das war neu. Es war ein Date. Das Wort war nicht ausgesprochen worden, aber wir wussten es. Und wenn es zu einem ersten Kuss kommen sollte, dann heute Abend. Irgendwann warnte mich M., dass er meine Wange berühren würde. Ich glaube, ich hatte in der Grundschule schon Freunde, die direkter und selbstsicherer waren.

Ich erinnere mich an ein Spiel, ich muss neun oder zehn gewesen sein, bei dem ging es darum, so lange zu küssen wie möglich. Wenn ich »küssen« sage, dann meine ich, dass man die Lippen auf die seines Freundes legte und sich nicht mehr bewegte, während jemand anderes die Zeit nahm. Nadia und Xavier hielten den Rekord mit eineinhalb Minuten oder so. Ich mochte Spiele wie »Wahrheit oder Pflicht« oder »Bisou-baffe«, Kuss oder Ohrfeige, die mir erlaubten, Jungs zu küssen, ohne zuzugeben, dass ich Lust darauf hatte.

Meinen ersten richtigen Zungenkuss hatte ich, als ich mit elf den zweiten Addams-Family-Film im Kino anschaute. Pierres Zunge schmeckte nach Ozon, nach Sommergewitter. Tja, Pierre war sicherer gewesen als M. in dem Moment. Ich hatte mir vorgestellt, dass wir hier, in dieser Jazzbar, einen Aperitif trinken und dann zum Essen gehen würden. Und uns auf dem Rückweg, in der Bahn oder auf der Straße, vielleicht beim Abschied, küssen würden, leicht beschwipst. Eine einfache, aber aufregende Vorstellung, ein wenig Spannung, der Höhepunkt zum Schluss. Offensichtlich ertrug M. keine Spannung.

Ich erzählte gerade etwas besonders Belangloses, da legte er tatsächlich seine Hand an meine Wange und erstarrte. Wie sehr wünschte ich, jemand hätte diese Szene gefilmt, damit ich sie mir heute noch mal anschauen könnte. Sogar der Barkeeper muss peinlich berührt gewesen sein. In Wirklichkeit hat es sicher nur eine halbe Sekunde gedauert, aber es kam mir sehr lang vor. Schrecklich lang. Ogottogottogott, was mache ich nur? So können wir nicht bleiben, reglos, schweigend, seine Hand auf meiner Wange, was mache ich nur? Lächeln? Nein, das würde nur eine Grimasse werden. Seine Hand wegschieben? Das würde ihn umbringen. Ihn küssen, das scheint mir die einzige Lösung zu sein.

Ich beugte mich zu ihm, und ich glaube, vor der Freude kam die Erleichterung. Seine Lippen fühlten sich hart und trocken an, er küsste mit geschlossenem Mund, als hätte er Angst, mich vorzulassen. Ich war Hugos verschlingende, feuchte Küsse gewohnt.

Wir mussten es noch einmal versuchen, uns mehrmals auf dieser Bank küssen, um die Angst loszuwerden und die Magie sich entfalten zu lassen. Seine Lippen wurden sanfter, das Gespräch der Haut konnte beginnen. Ich war neugierig, ich wollte den Geschmack seiner Zunge kennenlernen, aber ich wartete. Er legte seine Hand an meinen Hals, ich fühlte seinen Atem an meiner Wange. Ich wagte nicht, weiter zu gehen, in sein Haar zu fassen, an seine Schulter, aus Angst, nicht mehr aufhören zu können. Ich hätte auf dieser Bank mit ihm schlafen können. Dann sprachen wir weiter, entspannter.

Nach dem Essen sind wir spazieren gegangen, unsere Schritte führten uns in den Park, in die Dunkelheit zwischen den Bäumen, zu dem Moment, auf den ich wirklich gewartet hatte.

Der Abstellplatz befand sich dreißig Kilometer entfernt. Wir nahmen Justins Van. Ich weinte nicht mehr. Mein Atem ging leichter. Es fiel mir schwer, es einzugestehen, aber ich war ein bisschen erleichtert. Man würde sich meiner annehmen. Man würde sich M.s annehmen. Würde man mich gehen, mit meinem Wagen nach Hause fahren lassen? Mich festnehmen? »Unbefugtes Entwenden einer Leiche«, die Worte wirbelten durch meinen Kopf wie Feuerreifen. Ich wusste nicht, was ich strafrechtlich riskierte. Gesellschaftlich bedeutete es nicht weniger als den elektrischen Stuhl. Die Straße am Berg entlang war schön. Unten die Lichter der Stadt, wie leuchtende Würmer, die sich an einem fauligen Stück Obst festgesaugt hatten. Welche Stadt war das? Was frisst ein Leuchtwurm? Justin fuhr schnell. Hatte er es eilig, mich loszuwerden? Bereute er, mich am Strand angesprochen zu haben? Ich war froh, vom Stausee und seinen Toten wegzukommen.

»Wo fährst du danach hin?«

Eddys Stimme ließ mich zusammenzucken.

»Was?«

»Wo schläfst du? Du hast uns gar nichts erzählt.«

»Ich weiß nicht.«

Ich ertappte sie dabei, wie sie betretene Blicke wechselten. Keiner wollte mir anbieten, mich aufzunehmen. Ich war zu einer Verrückten geworden, zum Mädchen mit Problemen, mit dem man sich nicht belasten wollte. Macht euch keine Sorgen, Jungs, ihr seid mich bald los. Das wird eine gute Anekdote. Die Irre, mit der sie einen Abend verbracht haben und die den Leichnam ihres Liebhabers im Auto umherkutschierte.

»Auf der anderen Seite des Tals wohnt eine Freundin von mir, ich kann bei ihr unterkommen.«

Sie konnten ihre Erleichterung nur schwer verbergen.

Auf dem Abstellplatz war kein Blaulicht zu sehen. Alles still, der Ort schien wie ausgestorben. Ein ausgebauter Container diente als Empfangsbüro. Der Wärter, das Gesicht von einem Tablet erhellt, erhob sich bei unserem Eintreten von einem abgewetzten Sofa.

»Der Große da ist Ihrer?«

Ich nickte, zeigte meine Papiere, rechnete mit dem Auftritt bewaffneter Polizisten. Der Wärter prüfte sie mit undurchsichtiger Miene.

»In Ordnung, das macht 230 Euro.«

Ich zahlte mit Kreditkarte.

Er gab mir meine Schlüssel zurück und begleitete mich zum Parkplatz. Wir gingen schweigend, Justin und Eddy hatten mich in ihre Mitte genommen.

Da stand mein Auto, allein, unter einer weißen Laterne. Ich trat näher. Das bleiche Licht beschien die bunte Decke auf der Rückbank, ich konnte sehen, wie M.s Körper sich darunter abzeichnete, aber für jemanden, der nicht Bescheid wusste, konnte der Wagen einfach für die Ferien beladen sein.

Ich dankte Eddy und Justin für ihre Hilfe.

»Eddy fährt deinen Wagen bis zu deiner Freundin und dann verabschieden wir uns, okay?«

Das konnte nicht wahr sein, waren sie Pfadfinder, oder was?

»Es geht schon, mir geht es besser, macht euch keine Sorgen.«

Justin senkte die Stimme, damit der Wärter ihn nicht hörte.

»Vor einer Stunde hast du fast das Bewusstsein verloren, du hast getrunken, du hast geraucht, du bist nicht imstande zu fahren.«

»Das war vor einer Stunde, es geht mir besser, danke.«

»Hör mal, wirklich ...«

Ich öffnete mein Auto, stieg ein und schlug die Wagentür hinter mir zu, bevor er seinen Satz beenden konnte.

Ich fuhr los, zitternd, ungeschickt, das Auto soff ab. Ich fühlte ihre konsternierten Blicke. Schließlich gelang es mir loszufahren. Zehn Meter weiter blieb ich stehen, stieg aus.

»Danke, Jungs, wirklich. Es tut mir leid ...«

Mein Satz hing in der Luft. Es gab nichts mehr hinzuzufügen.

Ich ließ sie zurück.

Ein paar Kilometer weiter hielt ich am Straßenrand, zitternd und schweißnass. M. war noch da, unter seiner Decke. Ich schlüpfte zwischen den Vordersitzen hindurch und kniete mich vor die Rückbank. Auf der Höhe seines Gesichts hob ich die Decke an, um ihn unter Tränen zu küssen. Es tut mir leid, mein Schatz. Ich lasse dich nicht mehr allein. Ich streichelte sein Haar, leicht verklebt vom Gel. Als wir uns kennenlernten, trug er es sehr kurz. Seitdem hatte er die Haare etwas wachsen lassen, weil er wusste, dass es mir gefiel, meine Finger in seine braunen Strähnen zu schieben. Sie waren also lang, über fünf Zentimeter, und meine Hand verschwand vollkommen darin. Der leichte Geruch vom Morgen war stärker geworden, ein Geruch, den ich nicht kannte. Als Studentin habe ich als Kellnerin im La Médina gearbeitet, einem prächtigen Altbau im Stadtzentrum, den man zu einem trendigen Restaurant mit pseudo-orientalischer Inneneinrichtung umgebaut hatte. Der große Saal war mit Berberteppichen und einem hundertjährigen Parkettboden ausgelegt, unter dem die Ratten aus der Küche im Untergeschoss regelmäßig verendeten, wenn sie das Gift gefressen hatten, das der

Besitzer hier und da auslegte. Da war nichts zu machen, man kam an die kleinen Kadaver unmöglich heran, also wurde entschieden, sie verrotten zu lassen. Das war vor dem Rauchverbot in öffentlichen Räumen, und wenn der Saal voll besetzt war, überdeckten die Gerüche von Tabakrauch, Eau de Toilette und Tajine den Aasgestank. Aber wenn ich um 17 Uhr meine Schicht begann, erfüllte er den ganzen Raum, man konnte sich ihm nicht entziehen. Ich dachte, das sei der Geruch des Todes. Ich hatte mich geirrt.

Ich musste einen Ort für die Nacht finden. Am nächsten Tag, so hoffte ich, würde ich Ordnung in meine Gedanken bringen.

Ich fuhr so weit hoch wie möglich. Vor mir führte ein Weg in den Wald, wie ein tiefer Schlund. Parkplätze würde ich von nun an meiden. Das dichte Gewirr der Baumwipfel kam mir geisterhaft vor, als ob eine dunkle Macht die Strahlen des Mondes aufnahm und eine Dunkelheit gebar, in der Gewalt gedeihen konnte, Mord. Ich atmete tief durch, weit müsste ich nicht hinein, nur ein Stück weg von der Straße, um vor Blicken geschützt zu sein. Baumstämme tauchten im Licht der Scheinwerfer auf, ich rechnete damit, auf einen von ihnen gestützt einen Mann zu entdecken, der Ausschau nach jemandem hielt, nach mir oder irgendeiner anderen unvorsichtigen Person. Oder er versteckte sich, geduldig wartend, dass ich anhielt, einschlief. M. hätte das gehasst. Die Dunkelheit machte ihm mehr Angst als mir. Einmal konnte ich ihn überreden, nach Einbruch der Nacht das Chalet zu verlassen. Indem ich seinen Stolz kitzelte, hatte ich ihm einen Spaziergang um den See abgerungen. Eine einzige Runde. Zehn Minuten. Unter einem hell leuchtenden Mond, wolkenlosem Himmel. Er folgte mir mit zusammengebissenen Zähnen, aber ein zweites Mal würde ich ihn nicht kriegen. Hier also, inmitten des Waldes, der Dunkelheit, unserer Kindheitsängste ...

Ich fand eine freie Stelle am Wegesrand, zu meiner Linken gewaltige bedrohliche Felsbrocken, ein paar Stämme, die darauf warteten, zersägt zu werden. Das Ausschalten der Scheinwerfer kam mir vor wie eine Einladung an die Schatten unter den Wurzeln, im Bauch des Berges. Fliegt, kriecht, wuselt los, es ist Fütterungszeit. Lebendiges und totes Fleisch, es ist für alle etwas da. Ich schaltete leise das Radio wieder ein. Lou Reed, ›Vanishing Act‹, vermutlich nicht das Beruhigendste, aber nach Buena Vista Social Club war mir nicht.

Ich schob mich hinter M. auf die Rückbank, mit dem Rücken an der Wagentür, seinen Schultern an meiner Brust. Ich parfümierte ihn wieder. Sein neuer Geruch war präsent, aber ich hatte mich daran gewöhnt. Die Aprilkälte drang ins Fahrzeug, brannte auf meiner Haut. Ich widerstand der Versuchung, die Heizung einzuschalten. Die Kälte tat M. gut. Zum ersten Mal sollte etwas gut für ihn sein, aber schlecht für mich. Ich wusste nicht, ob ich würde schlafen können. Ich gewöhnte mich an die Finsternis, vermied es, nach draußen zu sehen. Der Wald jagte mir Angst ein. Vielleicht würde er in ein paar Monaten schon brennen, und ich würde mir vorwerfen, ihn als bedrohlich empfunden zu haben. Er ist verletzlicher als ich. Ich fragte mich, wie ich sterben würde. Bei einem Waldbrand? Bei einer Überschwemmung?

Wenn er ein paar Jahre länger gelebt hätte, wie hätten M. und ich die zukünftigen Katastrophen durchlebt? Die nächste Pandemie, den Krieg, die Knappheiten? Wenn wir die Stadt hätten verlassen müssen, aus unseren Häusern flüchten, hätten wir dann zusammengefunden, Ihre Familie und meine? Um eine Art Stamm zu bilden? Oder hätten wir zugelassen, dass die Ereignisse uns trennen? Ich sehe, wie Audrey seit Jahren kämpft, Alarm schlägt, brüllt. Lange Zeit habe ich mir vorgeworfen, nicht ihre Energie, ihre Hartnäckigkeit zu haben. Zu faul zu sein. Oder zu desillusioniert. Ich habe mir vorgeworfen, meine Tochter nicht besser vorbereitet zu haben. Aber worauf? Wie soll man sich wappnen, wenn man nicht weiß, welche Gestalt der Feind annehmen wird?

Ich vergrub meine Nase in seinem Haar, legte den Plüschbiber auf seine Brust.

Ich erinnerte mich an das erste Mal, als wir beieinander schliefen. Das war bei mir. Sie waren auf Geschäftsreise, Ihr Sohn verbrachte die Nacht bei einem Freund. Wir trafen uns schon seit mehreren Monaten, sechs oder sieben, ich weiß nicht mehr genau. Austarierte Rendezvous, amputierte Stunden, die zu früh endeten. Zum ersten Mal hatten wir fast vierundzwanzig Stunden nur für uns. Luxus. In der Nacht bin ich mehrmals aufgewacht. Erstaunt, entzückt, ihn neben mir im Bett vorzufinden. Er schnarchte leise, es war fast ein Schnurren. Endlich hatte ich Muße, ihn zu betrachten. Jede Pore seiner Haut, jede Falte, jedes Haar. Mir einen Kuss verkneifend, um ihn nicht zu wecken. Mir den Schlaf verweigernd, um keine Zeit zu verschwenden.

Trotzdem schlief ich schließlich ein.

Audrey muss weg, mich ein paar Tage allein lassen. Das bereitet ihr Sorgen. Sie hat durch die Tür mit mir gesprochen, sich beinahe entschuldigt, sie hat ein paar Aufführungstermine verschieben können, aber nun muss sie wirklich wieder auf Tournee.

Los, Audrey, geh die Welt retten! Ich brauche niemanden.

Sie ist Schauspielerin, spielt hybride Monologe, zwischen Vortrag und Stand-up, die sie nach monatelanger Recherche zu Umweltthemen selbst schreibt. Die Figur, die sie im Moment spielt, spricht über die bretonische Agrarindustrie, die Verbindungen zwischen Großbossen, Politikern, Lobbys, Kooperativen und der Misere der Bauern, dem ökologischen Desaster, dem Tierleid. Das ist schwere Kost, aber Audrey gelingt es, Leichtigkeit hineinzubringen, das Publikum damit zum Lachen zu bringen und gleichzeitig seine Wut zu entfachen. Man verlässt die Vorführung aufgewühlt, mit aufgepeitschter revolutionärer Libido, zitternd vor Lust, ein Ministerium in Brand zu stecken.

Sie zitiert Namen, Marken, denunziert Interessenskonflikte, Steuerhinterziehung, was ihr ebenso viele

Morddrohungen wie Gerichtsprozesse beschert. Natürlich.

Sie behauptet, vor nichts Angst zu haben, dass sie nicht wagen würden, sich an ihr zu vergreifen, aus Sorge, sie in eine Märtyrerin zu verwandeln und ihrem Engagement mehr Sichtbarkeit zu verschaffen. Dennoch geht sie nicht ohne ihr Pfefferspray aus dem Haus und bittet die Organisatoren ihrer Shows immer, während des Auftritts ihr Auto zu überwachen.

Sie hat mir Essen für eine Woche dagelassen. Vielleicht hat sie die Nachbarin gebeten, meine Streu zu wechseln und mich zwischen den Ohren zu kraulen.

Ich merke, dass ich schmolle. Seit meiner Rückkehr weine ich nicht, ich bin beleidigt. Das Leben hat mir M. genommen, es kann mich mal. Alle können mich mal. Außer Ihnen. Und Nina. Sie sind die Einzigen, auf die ich nicht wütend bin. Vielleicht schreibe ich Ihnen auch deshalb. Ich weiß nicht, warum, aber ich stelle mir vor, dass Sie mit mehr Würde reagieren. Ich scheiß auf Würde. Ich stinke. Anfangs habe ich mich manchmal gewaschen, nun müffle ich Tag und Nacht im selben Schlafanzug vor mich hin. Ich scheiß auf Körperhygiene.

Die Gegenwart passt mir nicht, zurück zu meinen Erinnerungen.

Es dämmerte noch nicht, aber die Dunkelheit um mich herum erschien mir weniger bedrohlich. Ich hätte gern ein Fenster geöffnet, dem Rauschen des Waldes gelauscht, den Duft des nahenden Morgens eingeatmet. Eine Dampfwolke hatte sich vor meinem Mund gebildet. Ich küsste M.s eiskaltes Ohr, dann saugte ich daran, um es aufzuwärmen, küsste es erneut, kostete die Illusion von Lebendigkeit, sein warmes Ohr an meiner Zunge und den Geruch seiner Haare unter meinen Lippen.

Ich spürte meine Beine nicht mehr. Die Kälte und das Gewicht seines Körpers hatten sie einschlafen lassen. Mit meinem Telefon leuchtete ich auf meinen rechten Fuß neben seinem. Seiner grau, meiner blau. Ich dachte, dass ich hier sterben könnte, wer würde es schon merken? Wie lange würde es dauern, bis meine Angehörigen sich sorgten? Aber ich wollte immer noch nicht sterben. Ich brauchte Kraft. Ich musste handeln.

Mir fiel das Gespräch am Strand ein, das, was Eddy von der Feuerheilerin erzählt hatte. Und wenn ich zu ihr ginge? Ich brauchte Worte, auch wenn ich nicht an sie glaubte. Dass man mir die Richtung wies, auch wenn sie zufällig war. Ich hatte nichts zu verlieren.

Ich hätte nun seit zwölf Stunden zu Hause sein sollen. M. auch. Bei mir sorgte sich noch niemand, Nina kannte die Details über mein Kommen und Gehen nicht, und Audrey sollte ich erst am Samstag treffen.

Ich will nicht wissen, wie es bei Ihnen war. In ein paar Stunden würden Sie vielleicht meinen Brief empfangen. Ich stelle mir vor, wie Sie besorgt versuchten, M. auf dem Handy zu erreichen, seine stoische Stimme auf dem Anrufbeantworter.

Seit ich wieder zu Hause bin, rufe ich ihn manchmal an, Sie haben seine Nummer noch nicht deaktiviert, ich höre mir seine Ansage auf der Mailbox an: »Guten Tag, ich bin im Augenblick nicht zu erreichen, schicken Sie mir in dringenden Fällen eine Mail, ich antworte Ihnen so bald wie möglich.« Ein paar Sekunden lang stelle ich mir vor, er wäre noch da, er würde mich zurückrufen, mich fragen, ob er auf einen Kaffee vorbeikommen kann. Ein bisschen bescheuert. Ich muss damit aufhören. Ich frage mich, wann die Telefongesellschaften die Nummern der Toten neu vergeben.

Ich musste Eddy wiederfinden. Vom Strand aus wäre ich in der Lage, sein Haus zu finden. Dann würden wir weitersehen.

Ich löste mich vorsichtig, wand mich durch das Fahrzeug und stieg aus. Ich streckte mich, zog dann eine Jeans an, da die Temperatur seit dem Vortag um ein paar Grad gefallen war. Ich ging ein paar Schritte um den Wagen, um meine Beine aufzuwecken. M. hätte zu mir kommen, mich an der Hand nehmen sollen, einen langen Spaziergang mit mir machen, wie er es vier Tage zuvor getan hatte. Mit mir sprechen, so tun, als wolle er mich in den Bach schubsen, mich an einen Baum gelehnt küssen, bis sich die Rinde in meinem Rücken einprägte.

Als ich unter dem rosafarbenen Himmel die gewundene Straße hinabfuhr, wurde mir klar, dass ich wieder lieben würde. Nicht sofort, sogar erst in langer Zeit, aber an dem Morgen erschien es mir möglich. Nicht mehr wie vor ihm, nicht mehr irgendwie, vielleicht nicht einmal mehr einen Mann.

M. hatte mir beigebracht, eine Haltung zu finden, Kontur zu gewinnen. Vor ihm war ich eine weiche Masse, fast flüssig, die sich an die Zwänge des anderen anpasste.

Indem er mich ständig nach meinen Bedürfnissen fragte, hatte er mir beigebracht, ihnen Beachtung zu schenken, sie zuzulassen. Mich zuzulassen. Er gab mir Raum, ohne Leere zu hinterlassen. Ich verfestigte mich im Kontakt mit ihm, ein Kern bildete sich im Innern der weichen Masse.

Ich dachte, dass ich eine Liste aufstellen müsste

mit allem, wofür ich ihm danke. Um nichts zu vergessen, wenn ich seine Hand loslassen würde.

Vom Strand aus, der um diese Zeit menschenleer war, sah ich das Haus und ging gleich wieder, der Kirchturm starrte mich an, und die Arme der Toten konnten jederzeit aus dem See ragen. Das Tageslicht änderte nichts daran.

Als ich zum Parkplatz zurückging, hörte ich Romains Stimme: »Das wirst du nie schaffen.« Romain erinnerte mich gern an meine Grenzen als Sexy-in-Shorts-Mädchen, als Wesen, das ein wenig begriffsstutzig war, zerstreut, um nicht zu sagen: doof. Das Sexy-in-Shorts-Mädchen zerkratzt die Stoßdämpfer, verliert die Schlüssel, verträgt keinen Alkohol, lässt das Essen anbrennen, ist unfähig, eine Karte zu lesen. Was also, wenn es nicht einmal eine Karte gibt? Das Sexy-in-Shorts-Mädchen muss an seine Defizite erinnert werden, die es regelmäßig vergisst, nicht böse gemeint: »Schatz, das klappt so nicht« mit einem Streicheln über den Nacken, oder mit spöttischem Humor, sehr effizient: »Na los, versuch's, ich schau mir das gern an.« Man muss ihr Halt geben, sie leiten, beraten, ihr Empfehlungen geben, sie vor sich selbst schützen. Man kann nicht alles haben, Sexy-in-Shorts-Mädchen, gesellschaftlich ist das schon gewaltig, kostenlose Umzugshelfer, erfolgreich bei mündlichen Prüfungen, locker durch den TÜV, einfach die Karriereleiter hochbumsen, Milliardärsgatte: »Eines Tages wirst du mich für einen Reicheren verlassen.« Vergessen wir nicht, wie käuflich das Sexy-in-Shorts-Mädchen ist.

Ich fuhr an der schiefergedeckten Scheune vorbei, das Haus musste ein Stück weiter hinten stehen, auf der Anhöhe. Seit ich nicht mehr mit Romain zusammen bin, muss ich jedes Mal an ihn denken, wenn ich ohne GPS den Weg finde. Es ist ein Spiel, eine Übung, die mich amüsiert, die ich mir von den technischen Möglichkeiten nicht nehmen lasse.

Ich parkte auf Eddys Zufahrt. Die Uhr zeigte 6 Uhr 49 an. Ein bisschen früh, um zu klingeln. Ich schaltete den Motor ab, auf eine Stunde kam es nicht mehr an.

Meine Haut muss gezähmt werden. Ich brauche Zeit. Tinder, One-Night-Stands verstehe ich nicht, und das hat nichts mit der Wildschweingeschichte zu tun. Nichts mit Angst. Es ist nur so, dass ich einen Körper kennenlernen muss, erkunden, das erste Mal kommt mir oft zu schnell. Das ist nicht schlimm, es verdirbt es mir nur ein bisschen. Kaum hat man den anderen nackt gesehen, an seiner Brust gerochen, seine Konturen mit den Fingerspitzen erspürt, ist er schon in einem drin. Und ein »Warte, ich will mir Zeit nehmen« ist heutzutage nicht besonders angesagt. Vielleicht irgendwann. Vielleicht gewinnen wir auch diese Freiheit. Mit M. wurde es nach dem Abend unseres ersten Kusses, dem Flirt im Park, seinen Händen auf meinen Hüften, dringlich, dass wir ein Zimmer fanden, ein Bett. Zwei oder drei Wochen waren vergangen, wir hatten gelernt, uns im Schatten der Bäume, im Wald zu küssen. Meine Lust auf ihn drang in jeden Winkel meiner Existenz, zog Risse hinein, drang tiefer ein, um sie zum Bersten zu bringen. Wenn man mir mitgeteilt hätte, dass mir nur noch vier Stunden zu leben blieben, hätte ich sie, glaube ich, mit ihm im Bett verbringen wollen und nicht bei meiner Tochter. Ich war in einem Zustand nahe der Auflösung, ich fuhr mit den Händen unter sein Hemd, über die glatte Haut auf seinem Rücken, seinen Rippenbogen, fühlte seine weichen Lippen, aber nichts davon genügte mehr.

Ich brauchte mehr. Jetzt.

Hugos Gegenwart hatte mir zugesetzt, mich eingeschränkt, ich hatte ihn also ohne Erklärungen oder Gewissensbisse verlassen und eine zu kleine Wohnung gemietet, als Übergangslösung.

Ein Abend im Juni.

Ich hatte ein kaltes Abendessen vorbereitet in der Annahme, dass nichts in der vorhergesehenen Reihenfolge geschehen würde. Wenn M. genauso nervös war wie in der Jazzbar, würde er im Bett anfangen wollen.

Meine Intuition bestätigte sich, noch bevor er klingelte. Eine Nachricht: »Ich bin vielleicht zehn Minuten zu früh da (errötender Smiley, Smiley mit Herzaugen).« Ich merkte, wie ich lächelte. Seine Nervosität beruhigte mich. Ich nehme an, dass ein Mann, der am laufenden Band Geliebte hat, eine gewisse Versiertheit erlangt. Er hatte mir versichert, dass ich seine erste außereheliche Beziehung sei, und ich hatte so getan, als glaubte ich ihm, in so einer Art von Verbindung ein unumgängliches Spiel, nehme ich an. Aber seine Nervosität sprach ihn eher frei als irgendwelche Versprechen. M. war kein Draufgänger.

Warum war mir das so wichtig? Warum eigentlich kein Draufgänger?

Wegen der Freundschaft. M. war wirklich mein bester Freund geworden, und kein Zungenkuss unter Bäumen hätte daran etwas ändern können. Es kam nicht infrage, dass er nur Station machte. Ich fühlte bereits, dass die Sache mit uns, wie auch immer man sie bezeichnete, die Unberechenbarkeiten der Lust überstehen würde, aber nicht die Lüge.

Eddy war nicht zu Hause. Justins Van war auch nicht zu sehen. Vielleicht waren sie Gleitschirmfliegen, ich weiß nicht. Das hätte ich voraussehen können.

Ich weinte ein bisschen, als ich wieder ins Auto stieg, ich kam mir schamlos vor. Ich war ein Opportunistenschwein. Ich hatte mich dieser Leute am Vortag bedient, sie ohne Erklärung stehen gelassen, und nun kam ich erneut bei ihnen an, weil ich die Feuerheilerin finden wollte.

Ohne zu wissen, wohin, fuhr ich los, durch das noch schlafende Dorf. Ein begrünter Kreisverkehr, ein Sägewerk, grüne blaue gelbe Plastikmülltonnen, Zäune aus schwarzen Holzpfählen. Es war, als schaute ein Gott auf mich herunter und verurteilte mich. Als sei Eddys und Justins Abwesenheit eine Strafe, ein Weg, mir zu sagen, dass ich allein klarkommen musste. Und dass Jammern nicht half. Ich hielt am Straßenrand, vor einer Säule mit Metallbriefkästen, und drückte meine Finger auf die Augen. Ich hatte nicht das Recht, mich zu bemitleiden, nicht jetzt. Ich war ein Ungeheuer, was ich tat, war ungeheuerlich, aber das Wissen darum hinderte mich nicht daran, so zu handeln. Ich suchte M.s Hand, seine Kälte gab mir den Rest, ich grub meine Nägel in meine Kopfhaut, zog die Haut Richtung Stirn, ich brauchte irdenen Schmerz, der mich in meinen Körper zurückversetzte, mich hinderte, in mein Inneres hinabzustürzen, ich versuchte zu schreien, aber meine Stimme versagte, ich kratzte weiter an meiner Stirn, bis aufs Blut, bis zur Erschöpfung, mich dieses lebendigen, leidfähigen Leibes versichernd, der sich hingeben kann, Lust verspüren. Ich hörte seine Stimme, sanft und ruhig, hör auf, mein Schatz, das bringt nichts, es wird schon, atme tief durch, morgen geht es dir besser.

Ich nahm wieder seine Hand, drückte sie, ein paar Blutstropfen perlten von meinen Lippen, mir fiel Jesus mit seiner Dornenkrone ein, ich fand mich lächerlich, brauchte ein Taschentuch, also zog ich eine zerknitterte Serviette aus dem Becherhalter, rau und fettig. Mir war nach einer Dusche.

Ich musste Jacky anrufen.

Während der Fahrt setzte das Ferienspektakel ein. Kajaks oder Fahrräder auf Autodächern, vom Tal zum Gipfel oder umgekehrt, die Herde fuhr ihren Nachwuchs und ihre Langeweile spazieren.

Ich schaltete mein Telefon wieder an.

Es wäre mir lieber gewesen, glaube ich, wenn wir uns nicht gleich ausgezogen hätten, wenn wir uns Zeit genommen hätten, jeden Schritt auszukosten, jedes Kleidungsstück, jeden Quadratzentimeter Haut, bevor wir zu Kondom und Missionarsstellung übergingen. Doch wie ich schon beim ersten Kuss festgestellt hatte, war es M. lieber, wir legten los, drehten eine erste schnelle Runde, Zeit für Erkundungen blieb später noch. Er war sanft, umsichtig, zugewandt, er war natürlich kein Wildschwein, aber unser Tempo war nicht das gleiche. Und damals war ich noch die weiche, fast flüssige Masse, also habe ich nicht gesagt: Warte, wir haben den ganzen Abend. Ich wollte nicht prüde wirken oder dieses Du-gibst-Gas-ich-bremse-Spiel anfangen. Ich machte mit, passte mich seinem Tempo an. Ich war mir nicht sicher, ob es ein zweites Mal geben würde, vielleicht wollte ich mir auch deshalb Zeit lassen. Wir hatten über das, was zwischen uns war, bisher nicht gesprochen. Bestimmt sagte ich mir, dass der Sex eine Etappe war, die wir überwinden mussten, um die Spannung zu lösen, um zu etwas anderem überzugehen. Um Freunde zu bleiben. Ich konnte mir nicht vorstellen ... Ich sah mich nicht als die Geliebte eines verheirateten Mannes, ich konnte mir nicht vorstellen, dass er Sie verlassen würde.

Ich ging wohl davon aus, dass es schlecht sein könnte, nicht so prickelnd, und dass wir keine Lust hätten, es noch einmal zu tun. Blind tastete ich mich voran, ohne Kontrolle.

Dass es so lange andauern würde, hatte ich nicht geahnt. Bis zu seinem Tod. Dass ich acht Jahre später seinen Leichnam durch die Berge kutschieren würde.

Wir haben also zum ersten Mal miteinander geschlafen, ein wenig ungeschickt, unruhig. Ich zog den Bauch ein, hoffte, dass die Beleuchtung meine Vorliebe für Karamellpudding nicht verraten würde, dass ich nicht zu kess wirkte, aber auch nicht zu wenig, dass ich über genau die richtige Menge Haare, Fleisch, Enthusiasmus verfügte. Wie soll man so kommen?

Man wartet das nächste Mal ab. Oder das danach.

»Warum willst du das wissen?«

Jackys Stimme klang rau. Ich glaube, er war mir böse, weil ich mich nicht verabschiedet hatte, die Schlüssel in den Briefkasten geworfen hatte wie eine gewöhnliche Mieterin.

»Ich habe eine Freundin, bei der eine unheilbare Krebserkrankung diagnostiziert wurde. Sie ist bereit, alles zu versuchen.«

»Wer ist es? Kenne ich sie?«

»Nein, eine Schulkollegin …«

Ich denke, er hat mir geglaubt. Es war nicht so kompliziert, wie ich gefürchtet hatte. Aber er warnte mich, sie empfange keine Fremden. Anscheinend empfing sie seit einiger Zeit überhaupt niemanden mehr. Soviel er wusste, wurden die Letzten, die versucht hatten, sich ihrem Haus zu nähern, mit einer .22er empfangen. Sie beherrschte anscheinend nicht nur die schwarzen Künste. Ihm zufolge war die Fahrt Zeitverschwendung, meine Freundin solle lieber die Zeit nutzen, die ihr mit ihren Lieben bleibe. Danke für deinen Rat, Jacky, wir kommen schon zurecht.

Ich hatte einen verpassten Anruf von meiner Mutter. In der WhatsApp-Gruppe der Familie verkündete sie, dass ihre Operation gut verlaufen sei. Nina hatte ihre Freude mit zwei Emojis ausgedrückt: Champagner, Partytröte. Ihr war ein Stent gesetzt worden. Ich hätte anrufen sollen. Das ging über meine Kräfte, meine Mutter konnte ich nicht belügen. Wenn ich ihre Stimme gehört hätte, wäre ich zusammengebrochen. Ich schickte: »Wunderbar, ich umarm dich fest.« Sie wäre beleidigt, aber nicht besorgt. Ich schaltete mein Telefon wieder aus.

Ich stellte das Auto an der Straße ab, auf einer Kiesfläche vor einer verrosteten Lagerhalle. Die Sonne warf kalte Strahlen auf das Wellblechdach. Es würde heute wieder ärgerlich schön werden. M.s Tod hätte ein Jahrhundert von Gewitterstürmen und Finsternis verdient. Ich brach die Packung mit der Supermarktbrioche an. Das nährte nicht, füllte aber den Magen ein bisschen. M. hätte sie gemocht, glaube ich.

Ausnahmsweise gestand ich mir zu, das Navi zu benutzen, ich hatte keine Zeit mehr zu verlieren. Ich gab die Adresse ein, die Jacky mir gegeben hatte. Ich ließ den Staudamm und Eddys Dorf in meinem Rückspiegel. Die Temperaturen waren gefallen, das Wagenthermometer zeigte trotz der Sonne kühle fünf Grad an. Umso besser für M. Ich öffnete die Fenster und zog meinen dicken Mantel wieder an. Wenn man daran dachte, dass ich am Tag zuvor noch Strandshorts getragen hatte. Heute Morgen roch es beinahe nach Pulverschnee. Ich hatte gehört, dass ganz oben noch Ski gefahren wurde, dank großer Unterstützung der Schneekanonen. Ich habe nie ganz begriffen, wie man gern in vollgestopften Seilbahnkabinen auf den Berg fuhr, nur um sich zwischen Raclette und Glühwein das Kreuzband anzureißen. Vielleicht verpasse ich ja etwas. Romain liebte es, Ski zu fahren. Er liebt es immer noch. Ich neige eher zu der Annahme, dass der Mensch für Mittagsschlaf, Beeren sammeln und Sex gemacht ist, wie alle großen Primaten, aber jeder nach seiner Fasson …

Im Tal hielt ich, um zu tanken. Während der Tank volllief, betrachtete ich den Stausee. Ich war unterhalb der Betonmauer. Wenn diese nachgeben sollte, wegen eines Erdbebens zum Beispiel, würde das Tal, so hatte Nina mir einmal erklärt, in weniger als neun Minuten von einem siebenunddreißig Meter hohen Tsunami überflutet.

Eine halbe Stunde später führte mich die gewundene Straße mitten durch einen Tannenwald. Ich fuhr durch einen ausgestorbenen Weiler, mit geschlossenen Fensterläden, ohne Geschäfte. Wer lebte hier? Ich war seit über zehn Minuten keinem anderen Auto mehr begegnet. Nur das Motorengeräusch und der Gesang unbekannter Vögel waren zu hören. Ich fuhr langsamer, weil der Straßenbelag in schlechtem Zustand war. Auf dem Navi war die Fahne mit dem Schachbrettmuster noch zweihundert Meter entfernt. Ich musste von der Straße auf einen steinigen Weg in den Wald abbiegen. Das Sonnenlicht, das durch die Zweige fiel, bildete schmale, helle Pfützen. Durch das offene Fenster drang der Duft von Harz und trockener Erde.

Mit einem Mal fühlte ich eine dumpfe Angst. Ich hielt Ausschau nach dem, was sie ausgelöst haben mochte, aber alles um mich herum wirkte friedlich. Und doch warnte mich mein Gehirn vor einer Gefahr, wie ein stiller Alarm in meinem Innern. Ich dachte an Eddys Geschichte: Je näher er dem Haus gekommen war, desto größer war seine Beklemmung geworden, hatte sich in Furcht verwandelt, und er hatte umkehren müssen.

Warum nicht auch an Bäume genagelte Eulen? Ich fuhr schneller, verbot mir stehen zu bleiben. Das

Schachbrettfähnchen rückte näher. Ich musste mir eingestehen, dass meine Angst wuchs. Wahrscheinlich, weil mir das Gewehr wieder eingefallen war. Wieder wurde ich langsamer und versuchte mir einzureden, dass es an den Kurven lag. Das Navi zeigte zwanzig Meter an. Ich schaute mich um, der Wald atmete, rauschte harmlos, und doch kam es mir so vor, als würde ich dem Teufel ins offene Maul fahren. Die Angst verwandelte sich in Panik. Plötzlich war ich mir sicher, dass eine schwarze Schlange unter meinem Sitz kroch, hochschnellen und mich ins Gesicht beißen würde.

Eines Abends, ich muss acht Jahre alt gewesen sein, waren unsere Eltern ausgegangen, und Audrey hatte mich ›Nightmare – Mörderische Träume‹ mit ansehen lassen, nachdem ich ihr geschworen hatte, es nicht zu verraten. Noch Monate danach sah ich jede Nacht die langen Metallkrallen von Freddy Krueger auf der Fensterbank gegenüber meinem Bett auftauchen, ganz langsam erschien sein brauner Filzhut, als zöge er sich ohne Kraftanstrengung hoch, dann sein verbranntes Gesicht mit dem hämischen Lächeln. Er starrte mich an und wackelte lachend mit dem Kopf. Ich sah ihn so sicher wie die roten Leuchtziffern auf meinem Nachttischwecker. Freddy stattete mir jeden Abend einen Besuch ab, und ich konnte mit niemandem darüber sprechen, da ich meine Schwester nicht verraten wollte.

Nun tauchte er auf dem Beifahrersitz auf. Ich nahm seinen Geruch nach Blut, verbranntem Fleisch, nach modrigem Schlamm wahr. Ich versuchte, ihn nicht anzusehen. Das Navi zeigte zehn Meter an. Plötzlich wurde es stockfinster im Wald, als hätte jemand den Lichtschalter umgelegt. Es war Mittag und die Sonne war ausgegangen. Meine Scheinwerfer reagierten nicht, ich bremste scharf.

Der Bildschirm mit der GPS-Anzeige erlosch. Um mich herum die unergründliche Dunkelheit des Waldes, die Kreaturen, die in ihm hausten, hoben ihre Nasen in meine Richtung. Freddys Krallen näherten sich meiner Wange. Die schwarze Schlange wand sich um meinen Knöchel, kroch unter meine Jeans, zu meinem Oberschenkel. Nichts davon existierte, es war nur Einbildung, alles würde verschwinden, wenn ich es entschied, ich hatte nichts zu befürchten.

Ich schloss die Augen, tippte das Pedal an, hielt die Schlangenhaut aus, die über mein Knie glitt, ignorierte die Stahlspitze, die sich in meine Wange bohrte. Bevor es dunkel wurde, hatte ich ihn gesehen – der Weg führte geradeaus, wenn ich mich also auf das Lenkrad konzentrierte und die Richtung hielt, hatte ich nichts zu befürchten. Ich fuhr in den monströsen Schlund, sollte er mich doch verschlingen, umkehren kam nicht infrage. Mit geschlossenen Augen gab ich Gas.

Dann ein Knallen, ein Einschlag, helles Licht drang durch meine Lider. Ich bremste, öffnete die Augen.

Der Tag war zurück, Freddy und die Schlange waren verschwunden, ich berührte meine Wange, sie war unverletzt. Im Rückspiegel erkannte ich gerade noch ein kleines Steinhaus, bevor es ein zweites Mal knallte. Meine Heckscheibe war gesprungen. Das war real. Ich gab Gas.

Hugo war ein Fehler, der rückblickend leicht zu erkennen ist. Wie bereits gesagt, fürchtete ich mich, allein für die Miete aufkommen zu müssen. Ich hätte auch mit Audrey zusammenziehen, mir etwas ausdenken können. Wie auch immer. Ich glaube, ich hatte vor allem Angst davor, nicht mehr unter dem Schutz eines Mannes zu leben.

Meine Mutter wollte einen Jungen. Zuerst bekam sie Audrey, dann mich und erst danach meinen Bruder Nicolas. Ich wuchs in dem Bewusstsein auf, enttäuscht zu haben, von Geburt an, durch mein Geschlecht. Nicolas ist am 2. November geboren, an Allerseelen. Audrey machte sich deshalb über ihn lustig, als wir klein waren. Sie behauptete, dass kein Kind an diesem Datum geboren werden könne, dass Gott es nicht erlaube, weil er entschieden habe, dass der Tag der Erinnerung Verstorbener gewidmet sei. Audreys Theorie zufolge konnte es nur zwei Erklärungen für das Geburtsdatum meines Bruders geben. Entweder war Gott, der alle zukünftigen Kinder auf dem Arm trug, über einen Stein gestolpert, den der Teufel ihm in den Weg gelegt hatte, und Nicolas war versehentlich einen Tag zu früh auf die Erde gefallen, oder unsere Eltern hatten ihm dieses Geburtsdatum zugewiesen, weil sie das echte nicht kannten, weil sie ihn adoptiert hatten. Ich konnte nicht entscheiden, welche der beiden Erklärungen mir grausamer erschien: dass er durch einen Fehler Gottes geboren oder nicht das Kind unserer Eltern sein sollte.

Vor allem spürte ich, dass ich selbst der Irrtum war. Ich war diejenige, die an einem 2. November hätte geboren werden sollen. Zumindest bestand kein Zweifel, dass ich die Tochter meiner Eltern war, ich dachte: »Wenn sie ein Kind adoptiert hätten, dann einen Jungen, also muss meine Mutter mich geboren haben.« Das heißt nicht, dass ich nicht geliebt wurde. Die ganze Sache reicht bis in die Generation davor zurück, was ich erst nach Jahren begriff, obwohl es so offensichtlich ist, wenn man es einmal erklärt.

Meine Großmutter war die älteste von fünf Schwestern. Jedes neue Mädchen war eine Enttäuschung für meinen Urgroßvater, der einen Sohn wollte. Seine Verbitterung wuchs mit jeder Tochter. Jedes Mal, wenn er aus dem Krankenhaus kam, ließ er seine Wut und Enttäuschung an der Ältesten aus, mit Gürtelhieben, als wäre sie es, die ihm einen Erben vorenthielt.

Sie heiratete jung, um ihrem gewalttätigen Vater zu entkommen. Mit achtzehn Jahren nahm sie sich vor, es besser zu machen als ihre Mutter: einen Sohn auf die Welt bringen, ihrem Vater einen Enkel schenken. Ihrem Mann war es herzlich egal, ob es ein Mädchen oder ein Junge war, solange es brabbelte und fröhliches Chaos veranstaltete. Er war Dachdecker, Besitzer einer kleinen Firma mit fünfzehn Handwerkern. An einem Wintermorgen rutschte er von einer vereisten Hangstraße und war auf der Stelle tot, mit nur neunundzwanzig Jahren. Meine Großmutter hatte Zeit gehabt, drei Töchter zu bekommen. Ohne Ausbildung oder Beruf übernahm sie nun die Geschäfte. Sie stieg ebenfalls auf die Dächer, führte die Mannschaft an, verteilte die Arbeit, gab Anweisungen. Die Arbeiter waren anfangs skeptisch, mussten aber zugeben, dass sie ebenso fähig war wie ihr Mann. Vielleicht sogar besser. Die Zahl der Baustellen stieg, das Auftragsbuch füllte sich ebenso schnell wie die Firma einstellte, immer mehr Handwerker für immer mehr Bereiche, Wasserinstallationen, Heizung, Elektrik, Dämmung. Als meine Mutter und meine Tanten im arbeitsfähigen Alter waren, unterstützten sie meine Großmutter in ihrem kleinen Imperium. Sie waren ohne Vater oder Bruder in einer Männerwelt erfolgreich, sie waren kompetent, mächtig, reich. Und dennoch, sobald ein Mann in der Familie auftauchte, ob als Partner oder Sohn, wurde er empfangen wie der Messias. Als würden sie nur zum Übergang so gut zurechtkommen, als Notlösung, stellvertretend in Erwartung des Auserwählten. Ich brauchte eine Weile, bis ich realisierte, dass ich mich genauso verhielt, besorgt bei der Vorstellung, nicht mehr unter dem Schutz eines Mannes zu leben, ewig auf der Suche nach einem Mentor, Vater, Bruder. Dass ich mich automatisch in eine asymmetrische, untergeordnete Position begab. Es ist wahrscheinlich, dass ich zu Hugo nicht trotz, sondern wegen der Vergewaltigung zurückgekehrt bin. Ein Wildschwein ist stark, gefährlich, es ist männlich. Natürlich behaupte ich nicht, dass ich bei M. alle meine alten Schemata abgelegt habe. Mein Leben kreiste um ihn, er war mein Kompass, mein Auserwählter. Aber ich lebte allein, bezahlte meine Rechnungen allein, plante meine Ferien allein, arbeitete allein. Ich hatte Hugo drei Wochen, nachdem ich M. zum ersten Mal geküsst hatte, verlassen. Ich erinnere mich an den Schwindel, gegen den ich bei dem Gedanken an meinen Umzug ankämpfen musste. Dieser Mann liebte mich nicht, liebte meine Tochter nicht, seine Gegenwart störte mich, und doch fürchtete ich mich, ohne ihn zu leben, ohne jemanden, der ihn ersetzte. Weil ich wusste, dass M. Sie nicht verlassen würde, davon war nie die Rede. Muss ich daraus schließen, dass ich mir aus diesem Grund einen verheirateten Mann ausgesucht habe? Um meiner Emanzipation den nötigen Raum zu geben?

Auf jeden Fall kam es vor, dass ich andere Männer ansah, Einladungen zum Essen annahm, mich manchmal verführen ließ, die Vorstellung vom klassischen Paar, das Schema »Wir lieben uns, wir ziehen zusammen, wir stellen uns unseren Familien vor, wir vermischen uns« erschreckte mich. Warum nicht gleich eine Kandare im Mund? Nicht die Männer schrecken mich, sondern meine eigene Neigung zur Unterwerfung.

Jetzt habe ich zum ersten Mal keinen Mann.

Die Stoßdämpfer des Wagens litten für hundert Meter, ich passierte die Kurven in unverhältnismäßig hoher Geschwindigkeit, dann machte der Weg eine scharfe Biegung am Fels entlang, sodass ich schnell außerhalb der Sichtweite des Hauses und Reichweite der Geschosse war. Vor mir ging es nicht weiter, der bereits schwer befahrbare Geröllweg verwandelte sich in einen kaum zu erkennenden Pfad, der zwischen den Bäumen verschwand. Ich saß in der Falle. Ich stellte den Motor ab, zog die Handbremse, warf mich aus dem Auto, lief den Pfad runter. Folgte mir die *Bouniane?* Überprüfen wollte ich das lieber nicht. Unterhalb floss ein Bach, der von der Straße aus nicht zu sehen gewesen war. Ich war seit der Grundschule nicht mehr so schnell gelaufen. Der feuchtglitschige, unebene Boden war keine Hilfe, ich riskierte bei jedem Schritt, umzuknicken oder mein Knie zu zertrümmern. Mein Körper verlor das Gleichgewicht, fing sich aber wieder, mitgezogen von der Schwerkraft. Ich musste es zum Bach schaffen, dann würde ich weitersehen. Ein scharfer Schmerz durchfuhr meinen rechten Knöchel. Ein herabgefallener Ast musste ihn aufgeschürft haben, keine Zeit nachzusehen. Vor mir endete der Pfad an einer matschigen Stelle am Ufer. Links von mir erhob es sich zu einem niedrigen grauen Felsen. Ich lief ins Wasser und folgte dem Bach ein paar Meter, tauchte in das eiskalte Wasser, das mir bald bis zur Taille reichte. Die Strömung, stärker, als ich gedacht hatte, zog an mir, aber ich hielt stand. Vorsichtig ging ich auf den rutschigen Steinen weiter, hielt mich am Felsen fest, ignorierte den Schmerz, den mein Knöchel ausstrahlte. Wunde oder Verstauchung, das kalte Wasser konnte nur guttun. Ich fühlte meine Beine ohnehin nicht mehr, mein Po, mein Geschlecht, alles war von der Kälte betäubt. Nur den stechenden Schmerz, den fühlte ich.

Als Nina klein war, machten wir gemeinsam einen Spaziergang in der Nähe von Jackys Haus, an einem Gletscherbach entlang. Wir sprangen von Stein zu Stein, kletterten bis zu dem kleinen Becken hoch, das wie ein winziger Stausee war, wo der Bach Atem zu schöpfen schien, bevor er weiter ins Tal gurgelte. Sogar mitten im Sommer, in der Sonne, wurde das Wasser nie wärmer als zehn Grad. Das Spiel bestand darin, ganz angezogen einzutauchen, mitsamt dem Kopf, dann im quietschenden Rhythmus unserer nassen Turnschuhe zum Hotel hinunterzulaufen, mit vor Kälte belebten Körpern, bis die Sonne das Wasser in unseren Kleidern, unseren Haaren erwärmte und es schließlich verdampfte – ein unbeschreibliches Gefühl. Wenn wir ankamen, waren wir staubtrocken, als gehörten der Bach und unser Spiel in eine andere Welt, zu der nur wir den Schlüssel besaßen.

Heute würde sich nichts unbeschreiblich anfühlen. Nina war nicht da. Die Nina, die sie damals war, mit verknotetem Haar, die Taschen voller Pokémonkarten, würde nie wieder da sein.

Ein großer Stein ragte am Rand des Felsen empor. Wenn ich mich hinaufzog, würde ich vielleicht den Pfad sehen. Ich stieg mit schwerer Jeans aus dem Wasser, hockte mich im Schutz des Felsens hin, um mich vorsichtig umzuschauen. Niemand da. Weiter oben konnte ich das Dach des Wagens erkennen. Im Wald schien wieder Stille eingekehrt zu sein, aber das Rauschen des Wassers würde das Knacken von Schritten überdecken. Wer war diese Frau? Würde sie mich verfolgen, um auf mich zu schießen? Wenn ich zum Auto zurückkehrte, würde sie mich davonfahren lassen? Keine Ahnung. Der Schmerz in meinem Knöchel riss mich aus den Gedanken. Ich lehnte mich mit dem Rücken an den Felsen, um das Stück Haut zwischen Turnschuh und Jeans zu untersuchen.

Panik schoss durch meine Brust. Zwischen dem Knöchel und der Achillessehne zwei kleine Löcher im Abstand einer Daumenbreite.

Vipernbisse sind nicht tödlich. Vipernbisse sind nicht tödlich. Vipernbisse sind nicht tödlich.« Ich wiederholte den Satz wie ein Mantra. Eine kleine Stimme antwortete, doch, manchmal sind sie es. Ich legte ihr nahe, das Maul zu halten. Ich musste zum Auto zurück. Weiter durch den Wald zu laufen war sinnlos, das wäre Selbstmord. Da stellte ich mich lieber der Irren mit der Winchester entgegen. Und außerdem war sie Feuerheilerin, sie kurierte Menschen, da würde sie mich doch nicht eiskalt erschießen, oder?

Als ich den Pfad zurückging, versuchte ich zwischen Schmerz und Angst zu unterscheiden, die physiologischen von den psychologischen Symptomen zu trennen. Am liebsten hätte ich mich am Fuß eines Baumes zusammengerollt und meine Mutter angerufen. Das würde ich tun, wenn ich einmal im Auto wäre. Ich wollte, dass es aufhörte, mich in schützende Arme flüchten, mich von Audrey anschreien lassen, von Romain, von Jacky, ich wollte, dass mir jemand die Zügel aus der Hand nahm, ein Mann, wollte wieder meinen ureigenen Instinkten folgen, denen ich seit Jahren widerstand. Ich wollte wieder die weiche, fast flüssige Masse sein.

Ich schaffte es hinkend den Hang hoch, mit pfeifendem Atem und jederzeit bereit, mich unter mein Auto zu werfen, wenn die Schüsse wieder losgingen, aber nichts geschah. Ich schlich zur Fahrertür, die offen stehen geblieben war. M. war zwischen die Rückbank und die Vordersitze gefallen. Sein hochgerutschtes T-Shirt gab den unteren Teil seines Bauchs frei, auf dem sich grünliche Flecken gebildet hatten. Die Glasschichten der Heckscheibe zeigten ein Spinnennetz um ein einziges Loch, eher linksseitig. Ich nahm mein Telefon aus dem kleinen Fach unter dem Autoradio. Der Bildschirm ähnelte der Heckscheibe: ein Spinnennetz. Ich begriff nicht gleich. Das gleiche Ergebnis, die gleiche Ursache, eine Kugel war dort, in meinem Telefon, eingeschlagen. Ich hockte mich auf den steinigen Boden, legte den Kopf auf den Fahrersitz und ließ die Tränen fließen, Tränen der Erschöpfung, der Angst, des Selbstmitleids. Wenn niemand anderes da war, um mich zu trösten, blieb nur ich selbst.

M. und ich hatten dieses Ritual, wenn er zu mir kam: Er klingelte, ich öffnete ihm die Tür, wir taten überrascht: »Oh, was machst du denn hier?« – »Ich weiß nicht, ich habe Licht gesehen!«, er kam herein, und wir umarmten uns ein paar Sekunden lang, bis wir die Stimmung des anderen erschnuppert hatten, seine Verfassung ertastet, gab es Wunden zu lecken?

Ein paarmal, nicht so oft, aber vielleicht im Ganzen zehnmal, begann ich zu weinen, ohne Anlass und unfähig, mir oder M. den Grund des Schmerzes zu nennen – war es überhaupt Schmerz? –, und dann war es vorbei, wir machten uns Kaffee, sprachen über die wichtigen Neuigkeiten, Ereignisse oder Überlegungen des Vortags.

M. kam immer zu mir, natürlich. Ich bin nie bei Ihnen gewesen, nicht ein einziges Mal. Sonderbar, nicht? Jemanden so gut zu kennen und sich den Ort, an dem er lebt, nicht vor Augen führen zu können. Kann man also wirklich sagen, dass ich ihn kannte? Auf jeden Fall schuf diese eine Richtung, er der Gast, ich die Empfangende, ein Ungleichgewicht, das wir nicht ausblenden durften. Es versetzte mich in eine passive Warteposition, die gehörig an meinem Selbstbild kratzte. Wir sprachen darüber, bemühten uns um Ausgleich und es ging vorüber.

Ich wollte ein letztes Mal in seinen Armen weinen.

Ich zog M. aus dem Wagen, mithilfe der Decke, die nun eher einer Picknickdecke als einem Leichentuch glich. Ein makabres Picknick im Grünen. Es war nicht mehr ganz M., seine Haut war zu weiß, sein Gesicht eingefallen, sein Geruch … Aber etwas von ihm blieb, und das musste ich beschützen. Wie spät mochte es sein? Die Sonne schien mir hoch am Himmel zu stehen, es war sicher gegen Mittag. Ich wollte mich ein paar Minuten neben ihm ausruhen, Atem schöpfen, die letzten Reste Trost an seiner unbewegten Brust, seine stumme Haut um Rat fragen. Aber mich verließen die Kräfte. Mein Knöchel tat schrecklich weh und ich schaffte es nicht mehr aufzustehen. Es gelang mir nur, meinen rechten Turnschuh auszuziehen, indem ich ihn mit meinem linken Fuß an der Ferse abstreifte. Ich hätte bis zum Kofferraum kriechen, M.s Telefon holen, an den USB-Port anschließen und den Motor laufen lassen müssen, es dann anschalten, indem ich es hierher zurückbrächte, M.s Daumen auf den biometrischen Sensor presste. Unmöglich. Grässliche Übelkeit hielt mich am Boden. Mein Knöchel war so schwer, es war, als hätte man mir einen geschmolzenen Skischuh angezogen. Ich hätte Wasser gebraucht. Das lag alles auf dem Beifahrersitz, Wasser, Brioche, Wein.

Wo war sie, die Heilerin? Würde sie mich wirklich hier verenden lassen? Ich versuchte, um Hilfe zu rufen, aber mein Atem erstarb ein paar Zentimeter vor meinem Mund. Ich nahm M.s Hand. Ich hatte es mir nicht gewünscht, aber warum eigentlich nicht? Neben ihm sterben, meinen Körper von den gleichen Tieren fressen lassen wie seinen, Raben, Füchse, Marder ... Unser Fleisch würde ein letztes Mal verschmelzen, in den gleichen Mägen, aufgelöst von den gleichen Säften. Das war vielleicht nicht so poetisch wie bei Romeo und Julia, aber über das Alter waren wir lange hinaus. Und außerdem wären auch Romeos und Julias Leiber, hätten sie existiert, der Verwesung nicht entgangen.

Auf jeden Fall hätte ich ihm, wenn ich ihm irgendwohin folgen würde, wenn es ein »Jenseits« geben sollte, einen Haufen Dinge zu erzählen. Dieses Mal würde er mir die Tür öffnen, Überraschung vortäuschen, und ich würde sagen: »Ich habe Licht gesehen«, und wir würden uns umarmen, ich würde weinen, er auch, dann würde er mir einen Kaffee machen, wir würden uns aufs Bett fallen lassen und ich würde ihm von den letzten Tagen berichten. Vielleicht bräuchte ich das nicht. Vielleicht hat er alles mitangesehen. Vielleicht ist er noch da.

Als ich die Augen aufschlug, war es still und heimlich Nacht geworden. Ich schlotterte. Tot war ich nicht. Noch nicht. Ich schmiegte mich an M.s Körper, der nicht mehr wärmte, zog mir die Decke über. Der stechende Skischuh war immer noch da. Die Übelkeit auch. Die Kälte kam vom Berg, aber nicht nur, ich hatte Fieber. Die schwarzen Wipfel der Bäume bildeten einen Kamm, über dem sich der hellere Himmel abzeichnete, ein paar faserige Wolken. Die Nacht erschien mir weniger bedrohlich als die letzte. Vielleicht, weil ich nicht in den Wald hineinmusste, ich war schon drin, ich war ein Teil von ihm. Das Gemurmel des Bachs wirkte einschläfernd. Natürlich konnte ich mir, wenn ich zu Boden schaute, die roten Augen der Bestie vorstellen, die durch die sonst undurchdringliche Nacht leuchteten. Die Dunkelheit war zu dicht, sie war ein Maul, das des Waldes, und es würde sich mit röchelndem Atem um mich schließen, mich verschlingen und meine Seele in Fetzen ausspucken, dazu verdammt, in diesen Bergen umherzuirren.

Ich versuchte also meine Aufmerksamkeit auf den Himmel zu richten, die Sterne. Der fast volle Mond erschien zwischen den stacheligen Zweigen. Die Sterne glichen Löchern in einem schwarzen Schleier. Vielleicht fuhr ich auf einem Schiff durch die Wellen, lag unter dem dunklen, von Motten zerfressenen Hanfsegel. Vielleicht trug es mich zu den fernen Planeten, wo nur stille Eisstürme existieren, ständige Feuersbrunst, Ozeane aus Wasserstoff. Mein mikroskopisch kleiner Körper würde dort nicht stören, man könnte ihn getrost dort abladen. Die ganze Erde könnte man dort abladen.

Gern hätte ich M. die Sternbilder erklärt, aber ich verstand nichts davon. Ich kann mich nicht erinnern, dass wir irgendwann so unter den Sternen gelegen und über die gewaltigen Dimensionen des Universums schwadroniert hätten, dabei machen das Verliebte doch so, oder? Zu klischeehaft für uns?

Ich begann zu singen. Das Lied meines ersten und vielleicht einzigen Liebeskummers. Ich war vierzehn. Nein, nicht der einzige, die Trennung von Romain war niederschmetternd, aber kann man noch von Liebeskummer sprechen, wenn es um geteiltes Sorgerecht, Notarbesuche geht, darum, wer die Wohnung behält und das Auto, das Album mit den Fotos aus den ersten fünf Jahren der Kleinen? Man sagt Trennung, Scheidung, Bruch, man trauert um die Vergangenheit, während man bei Liebeskummer eher um die Zukunft trauert. Um eine abgebrochene Geschichte. Ich weiß nicht mehr, ob ich ihm von meinem Kummer, der schrecklich banal war, erzählt habe. Ich war seit Monaten in diesen Jungen verliebt gewesen, sogar seit Jahren, er hatte mich geküsst, aber schon am nächsten Tag seine Meinung geändert, tschüss und auf Wiedersehen. Tragisch gewöhnlich. In Wahrheit wäre es das vielleicht nicht, wenn ich mir die Zeit nehmen würde, es zu erzählen, wie mit dem Wildschwein. Es ist nie gewöhnlich, wenn der Liebesflug in den strahlenden Himmel mit einer Bruchlandung endet. Man hat kaum auf einen Blick gehofft und wird von einem Kuss der Einsamkeit entrissen, nur um gleich wieder darin zu versinken.

Ich summte die Melodie, die ich seitdem nicht mehr hatte hören wollen. ›Harvest Moon‹. Das Lied erzählt von einem Paar in reifem Alter, das unter dem Mond tanzt und sich seine Geschichte in Erinnerung ruft. »Because I'm still in love with you«, heißt es da. Mit meinem rudimentären Teenager-Englisch hörte ich dennoch den Unterschied heraus. Neil Young sagte nicht »I'm still loving you« (wie die Scorpions zur gleichen Zeit), er sagte: »Ich bin immer noch in dich verliebt.«

Als Vierzehnjährige stellte ich mir, nachdem ich diesen Kuss bekommen hatte, vor, wie ich diese Worte sechzig Jahre später bei einem Tanz unter dem Mond zu diesem einen Jungen sagen würde.

Als ich nun unter dem schwarzen Himmel lag, in dieser gerölligen Sackgasse, zitternd vor Fieber, konnte ich die Jugendliche, die ich war, neben mir Platz nehmen sehen. Sie hatte die siebundzwanzig Jahre, die uns trennen, durchschritten und beobachtete mich, ungläubig, enttäuscht. Ich hätte sie gern um Verzeihung gebeten, ihr erklärt, dass ich Fehler gemacht hätte, dass es vielleicht nicht ganz das sei, was sie sich vorgestellt habe, wenn sie sich unter den Sternen für einen Mann ›Harvest Moon‹ habe singen sehen, aber dass ich nur das zu bieten hätte, dass man es sich nicht aussuchen könne, dass alles nicht so einfach sei, wie man sich das vorstelle, und dass das hier, auch wenn es nicht so aussehe, eine schöne Liebesgeschichte sei. Dass ich das, was sie mit diesem Jungen gefunden zu haben glaubte, mit M. gefunden hätte, zumindest einmal im Leben, und ich nicht sicher sei, ob viele das sagen könnten, frag doch die Schwangere vom Strand, frag doch die Frau, die Nina stillt, während sich das Wildschwein Kaffee macht, frag deine Mutter, deine Tanten.

M. war mein Freund, das war alles, was ich mir gewünscht hatte, das war alles, was die Jugendliche, die ich gewesen war, verlangt hatte, »leicht zu tragen und stark zu spüren«. Jemand, dem ich alles sagen konnte, wirklich alles, vor dem ich weniger schüchtern war als vor mir selbst. Vielleicht war ich also dabei, einem Toten auf einem feuchten, blasierten Berg ein Wiegenlied zu singen, dazu bereit, selbst an einem Schlangenbiss zu sterben, aber ich hatte ihn bekommen, meinen Harvest Moon.

Beim Aufwachen sah ich es. M.s Mund stand halb offen, ich weiß nicht, warum. Gestern war er noch geschlossen gewesen. Hinter seinen trockenen, schwarzen Lippen wirkten die Flecken auf seinen Schneidezähnen unwirklich weiß. Sie saß am Rand seines Mundes. Eine monströs große Fliege, schwarz und irisierend, die ihre Beine aneinanderrieb. Ich richtete mich auf und verscheuchte sie, entsetzt bei dem Gedanken, sie könnte in seinen Mund krabbeln und dort wer weiß was ablegen. Ich wollte es mir nicht einmal vorstellen. Sie flog davon, um gleich darauf auf seinem Ohr zu landen. Ich verscheuchte sie erneut.

Dieses Mal setzte sie sich auf seinen Arm, neben den Ärmel des T-Shirts. Ich ließ es mit angehaltenem Atem zu. Sie blieb ein paar Sekunden unentschlossen sitzen. Ich hatte noch nie so eine große Fliege gesehen. Galt sie in ihrer Fliegengemeinschaft als abnorm? Gibt es bei Zweiflüglern Übergewicht oder Bodybuilding? Ordnen sie sich, wie wir, engen und willkürlichen sozialen Kriterien unter? Erst da bemerkte ich, dass es dämmerte, die Nacht hatte mich nicht umgebracht. Besser noch, das Fieber und die

Übelkeit waren fast verschwunden. Ich schaute meinen Knöchel an, der immer noch schmerzte, bläulich violett und so geschwollen, dass die Wulst sich über meinen Jeanssaum schob.

Die Fliege machte ein paar Schritte zu M.s Armbeuge, deren Regungslosigkeit mich nicht mehr verwunderte. Dann kehrte sie, nun doch entschlossen, zum T-Shirt zurück, krabbelte ungeduldig hinein. Mit einem knappen Schlag brachte ich M.s Körper zum Beben.

Ich hob den Ärmel hoch, da war sie, zerdrückt, aber nicht tot. Ich hörte mein triumphierendes Lachen: Glaub nicht, dass ich dir den Gnadenstoß versetze, elendes Geschmeiß.

»Sie hat nur ihre Arbeit gemacht.«

Eine hohe, zitternde Stimme.

Ich fuhr herum, ebenfalls zitternd.

Sie stand vor mir, nur ein paar Meter entfernt. Warum hatte ich sie nicht kommen hören? Eine kleine, hagere Frau in einer zu weiten Hose mit vielen Taschen, einem schwarzen Oberteil über knotigen Schultern, kaum älter als ich.

Ohne Interesse an M.s Leichnam zu zeigen, beobachtete sie mich, zündete sich eine Zigarette an, ich kam mir vor wie bei einem Casting.

»Kannst du laufen?«

»Ich weiß nicht.«

Mir blieb die Stimme fast im Hals stecken.

»Ich habe Suppe.«

Ich schaute zu M.

»Lass ihn liegen, in seinem Zustand geht er nirgendwohin.«

Sie lachte und ging zu ihrem Haus zurück. Ich deckte M. zu und versuchte, den Gedanken an anderes Getier, das ihm zusetzen würde, zu verscheuchen.

Ich stand auf, meinen Turnschuh konnte ich natürlich nicht anziehen. Mit so wenig Belastung wie möglich setzte ich die Zehenspitze auf und hinkte wie ein erbärmlicher alter Klepper der *Bouniane* hinterher, die nicht auf mich wartete.

In dem kleinen Haus gab es weder ausgestopfte Katzen noch Glasgefäße mit Kinderaugen. Wenige Möbel. Es sah nach fröhlicher Einsamkeit aus. Auf dem Boden ein abgewetzter Teppich, der direkt auf dem Felsen zu liegen schien. In einer Ecke ein Holzofen, wie in dem kleinen Chalet am See. (Waren uns bereits neue Bewohner nachgefolgt? Schliefen sie gut?)

Keine Küche, nur eine Spüle an der Wand, ein Topf auf dem Ofen, eine Duschkabine. Am anderen Ende des Raums ein Einzelbett, um das sich die Bücher stapelten, ein wurmstichiger kleiner Tisch, ein Stuhl.

Sie deutete mit dem Kinn auf den einzigen Sessel, ein vergilbter Ohrensessel mit aufgerautem Samtbezug, in den ich mich fallen ließ. Sie reichte mir eine Schüssel heiße Brühe. Ich hatte seit der Brioche am Vortag nichts mehr gegessen. Sie setzte sich auf den Stuhl mir gegenüber, drückte ihre Zigarette aus, verschränkte die Arme, als würden wir nun ein ernstes Gespräch führen, als würden wir uns kennen. Ich hörte die Stimme meines Vaters: »Ich habe ein Hühnchen mit dir zu rupfen.« So begannen seine Strafpredigten, als ich ein Teenager war. Ich prustete jedes

Mal los, wenn ich mir vorstellte, wie wir beide uns über ein Huhn beugten. Eines Tages antwortete ich: »Da kannst du dir ein Ei drauf pellen«, er stammelte etwas, überrumpelt, und verlor das wenige an Autorität, das er zu besitzen glaubte.

Offensichtlich hatte sie mir etwas vorzuwerfen. (Reden wir mal über meine Heckscheibe, mein Smartphone?)

Wenn sie es gewollt hätte, nahm ich an, hätte sie die Polizei längst gerufen. Man musste nicht Sherlock Holmes sein, um zu verstehen, dass diese Frau die Bullen nicht besonders schätzte.

Da jemand etwas sagen musste, wagte ich es, murmelte ein »Danke« und hob dabei leicht die Schüssel mit der Bouillon an, woraufhin sie die Augen zusammenkniff.

»Ich habe ihn nicht umgebracht, wenn das die Frage ist.«

Sie zündete sich eine Zigarette an.

»Kann ich eine haben?«

Sie schob das Feuerzeug in die Packung und warf sie mir zu. Malboro light. Wer raucht noch Malboro light?

Ich hatte vor Jahren aufgehört, kurz nachdem ich M. begegnet war. Davor hatte ich während der Schwangerschaft pausiert, aber kurz danach wieder angefangen, dann mit Romain zusammen aufgehört und wieder angefangen, als wir uns getrennt hatten.

Ich habe eine besondere Beziehung zur Zigarette, ich liebe es, zu rauchen, und ich liebe es, nicht zu rauchen. Im Winter beobachte ich die Leute im morgendlichen Stau herablassend und neidisch zugleich, wie sie mit zitternden Fingern an ihren halb geöffneten Fenstern rauchen.

Ich glaube nicht, dass sie mich verdächtigte, ihn getötet zu haben. Aber ich würde erzählen müssen. Mir war nicht danach, es auszusprechen. Ich wollte nicht sagen, dass M. gestorben war, im See. M. ist ertrunken. M. kommt nicht wieder. Und ich weiß nicht mehr, wie ich leben soll.

Ich stellte die Brühe ab, sie war ohnehin zu heiß. Eine Träne benetzte den Filter meiner Zigarette. Mist. Alte, sag mir, dass du Gedanken lesen kannst. Bitte. Wenn du Verbrennungen heilen kannst, es am helllichten Tag Nacht werden lassen kannst, Freddy Krueger herbeirufen kannst, bist du bestimmt Telepathin.

Sie stand auf und öffnete einen Schrank.

»Also gut, erst mal desinfizierst du das da. Zieh deine Jeans aus.«

Sie hielt mir ein Fläschchen Alkohol und eine Schachtel Kompressen hin. Kein Verband aus Wildkräutern? Alles geht den Bach runter, nicht mal die Hexen sind mehr das, was sie waren.

»Du hattest Pech, meistens injizieren Vipern kein Gift. Aber du bist zumindest nicht allergisch. Sonst wärst du tot.«

Ist sie in der Nacht nachsehen gekommen, als ich bewusstlos war?

»Hast du Shorts oder eine Jogginghose oder so was im Auto?«

Ich habe Angst, M. zu vergessen. Dass mir die Dinge mit der Zeit abhandenkommen. Wie soll ich ihn davon abhalten zu verschwinden? Fotos und Videos sagen nicht viel aus. Ich müsste unsere Nachrichten aufheben, Tausende und Abertausende von »Wie geht es dir heute Morgen?«, »Gute Nacht, mein Schatz«, »Du fehlst mir«.

Wie soll ich den Geruch seiner Hände bewahren? Den Geschmack seines Mundes, seines Glieds? Die samtige Haut seines Hinterns? Seine Zunge in mir, die Rauheit seines Kinns, seine müde Stirn, seine auf meiner Brust ruhende Wange, seinen Atem in meinem Haar, unsere fiebrigen Stunden, unsere Körper wie Dschungel, die es zu erkunden galt, für die wir nach all den Erfahrungen, Gesprächen, Verirrungen und Lachanfällen Experten geworden waren?

Diese Fragen sind mir seit den ersten Monaten mit M. im Kopf herumgespukt. Natürlich habe ich mir nicht vorstellen können, dass es auf diese Weise, so brutal enden würde. Aber das erhöhte, schmerzhafte Bewusstsein, dass alles enden könnte, ergriff mich nach dem Sex, ich hielt ihn fest, mit der Nase an seinem Hals, und verdrückte stumm eine Träne, dankbar für seinen Körper neben meinem. Verzweifelt, weil das eines Tages enden musste.

Von Anfang an trauerte ich um ihn. Ich bereue nichts, ich habe keine Sekunde verschwendet. Ich habe ihn geliebt, wie ich ihn mit zwanzig nie hätte lieben können. Ich glaube, man liebt sich erst richtig im Schatten des Todes. Oder so etwas in der Art.

Als sie mit meinem Koffer zurückkam, teilte sie mir mit, dass sie Sonia heiße, falls mich das interessiere.

Ich stammelte, ja, natürlich, sehr erfreut. Ich zog eine alte Jogginghose über, die meinem unförmigen Knöchel viel eher gerecht wurde, und ließ mich wieder in den Sessel fallen.

»Warum haben Sie auf mich geschossen?«

»Zum einen duzen wir uns mal besser, und zum anderen habe ich nicht auf dich, sondern auf das Auto geschossen. Das ist das Einzige, was mir eingefallen ist, damit man mich in Ruhe lässt.«

Sie kniete vor mir und bandagierte mit der Zigarette zwischen den Lippen meinen Knöchel. Zwei Falten klammerten ihren Mund ein, und ich fragte mich, ob sie in ihrem Leben viel gelacht hatte.

»Die Leute glauben, dass ich alles heilen kann. Anfangs hat mich das nicht gestört, ich tat, was ich konnte, doch dann kamen immer mehr, es sah hier aus wie Disneyland in der Weihnachtszeit. Ich begann, manche abzuweisen, ein paar sind durchgedreht, haben mich bedroht. Also habe ich sie alle verjagt.«

»Und was ich beim Herfahren gespürt habe? Diese unbestimmte Angst, dann der Horror?«

»Das hält die weniger Entschlossenen ab, das ist schon mal etwas ...«

»Aber was ist es? Ein Fluch?«

»Wenn du so willst.«

Woran lag ihr etwas, was war ihr wichtig?

»Warum genau bist du zu mir gekommen? Wenn du dir ein Wunder für deinen Freund erhofft hast, muss ich dich enttäuschen.«

»Ich weiß nicht genau ... Ich wollte ... Ich wollte etwas anderes für ihn finden, keine klassische Beerdigung, ich wollte, dass er sich wohlfühlt, ihn nicht im Stich lassen, ihn nicht verlassen, aber nun weiß ich es nicht mehr. Allein schaffe ich es nicht. Ich hätte dem Blick meiner Mutter oder meiner Tochter nicht begegnen können, wollte sie da nicht hineinziehen. Wir haben uns allein geliebt, wir beide, ich meine, zurückgezogen von der Welt, im Verborgenen. So wollte ich es weiter handhaben, ihn für mich behalten. Aber jetzt bin ich erschöpft. Und dann sind da seine Frau und sein Sohn und alle, die vergeblich auf ihn warten. Ich weiß, dass ich nicht das Recht habe, so zu handeln, aber es war mir egal ... Also habe ich mir gesagt, dass ein Versuch nichts kostet ... Wenn du jetzt die Polizei rufen willst oder es dir lieber ist, dass ich gehe, kann ich nichts sagen, das würde ich an deiner Stelle wohl genauso machen. Voilà.«

Sie zog an ihrer Zigarette, fuhr sich in ihr krauses Haar.

»Aber was willst du tun? Ihn hier begraben?«

»Ja, ich weiß nicht, etwas Nettes machen, das zu ihm passt, sich Zeit nehmen, Weihrauch verbrennen, Wache halten, mit ihm sprechen, ihn begleiten, über ihn sprechen, seine Hand halten, mir wirklich Zeit lassen, nichts Halbstündiges in einem Krematorium aus Plastik oder so ein Nachmittag bei lauwarmem Kaffee und Kuchen.«

Sonia stieß einen langen Seufzer aus, wie jemand, den man beim Lesen gestört hat, dann pellte sie einen Hautfetzen von ihrer Unterlippe.

»Kann ich noch eine Kippe haben?«

Sie gestattete es mir mit einer Handbewegung, ohne mich anzusehen, verärgert, dass man sie aus ihren Gedanken riss. Dann stand sie auf und ging wortlos hinaus. Ich hörte, wie sie zu meinem Auto ging, zu dem Pfad, der zum Bach führte.

Ich rauchte in der Stille meine Zigarette, so angespannt, als wartete ich auf den Urteilsspruch einer Geschworenenjury. Vom Tabak wurde mir ein wenig schwindlig, so wie als Jugendliche. Mein Blick wanderte über die Fotos an der Wand. Auf einem war eine vielleicht sechzigjährige Frau zu sehen, sicher Sonias Mutter, die gleichen Klammern um den Mund. Sie saß an einem Formica-Tisch, die Hände um eine Tasse Kaffee gelegt, gegenüber der Person, die das Foto machte, mit dem scheuen Blick derjenigen, die sich der Betrachtung unwürdig fühlt, aber mit dem verschwommenen, geheimnisvollen, zugleich schmerzlichen und fröhlichen Ausdruck lebhafter Liebe. Ohne dass ich es mir erklären konnte, wühlte mich das Bild auf.

Sonia kam zurück. Mit gerunzelter Stirn fuhr sie sich mit der Zunge über die Lippen, wo der abgezogene Hautfetzen eine blutrote Spur hinterlassen hatte.

»Ich werde nicht die Bullen rufen. Du bist eine Wahnsinnige und hast dir eine Scheiße eingebrockt, die mich nicht interessiert. Ich habe genug von den Problemen anderer. Du kannst heute Nacht hierbleiben, bis dein Knöchel abschwillt und du weiterfahren kannst, aber das ist alles. Wenn du ihn hier begraben willst, bitte, der Berg gehört mir nicht, aber das machst du allein.«

Sie deutete an die rückwärtige Wand der Hütte.

»Dahinten ist ein Spaten, wenn du willst.«

Ich kehrte zu M. zurück und setzte mich neben ihn. Er war immer noch zugedeckt, ich wollte nicht wissen, was sich unter der Decke abspielte. Ich schob nur meine Hand darunter, um sein Haar zu streicheln. Vom Bach zog ein eiskalter, erdiger Geruch hoch, vermischt mit dem von Humus und Tannenharz.

Wind kam auf, schwarze Wolken schoben sich in östlicher Richtung durchs Tal, zum Stausee. Ich musste einen Unterschlupf für ihn finden.

Zu Beginn sahen wir uns praktisch nur bei mir. M. war vorsichtig, verängstigt bei dem Gedanken, dass Sie herausfinden könnten, was zwischen uns lief. Wenn wir hinausgingen, konnte ich den Raum fühlen, den er zwischen uns schuf, nicht viel, nur ein paar Zentimeter, die aber eine Kollegin von einer Geliebten unterscheiden.

Nach ein paar Monaten – den genauen Zeitpunkt könnte ich nicht bestimmen – entspannte er sich. Ich beobachtete schweigend, wie sich die Distanz verringerte. Ich glaube, es war ihm nicht bewusst, ein einfaches Nachgeben seines Körpers, der sich zu meinem hin öffnete.

Ich begann die Leute anzusehen, die paarweise durch die Straßen gingen, versuchte den Grad ihrer Intimität zu erraten. Der Rhythmus der Schritte, die Distanz, die Neigung eines Gesichts, die sprechende Körperhaltung. Wenn wir damals jemand Bekanntes getroffen hätten, er hätte erraten, dass wir Liebende waren. Kein sichtbarer Beweis, wir hätten es abstreiten können, aber der Eindruck, das sichere Gefühl wäre geblieben.

Dann, eines Tages – daran erinnere ich mich gut,

das war ein Jahr nach unserem Kennenlernen –, holte er mich am Ausgang der Schule ab, um den Abend gemeinsam zu verbringen. Wir gingen zu meiner Wohnung, die erste Aprilsonne schien, M. ging leichtfüßig an meiner Seite. Ich entdeckte seine Freude am Frühling, die mich jedes Jahr aufs Neue entzücken sollte, sein Körper, der sich entfaltete, sein Lachen, das neu zu erwachen schien, seine ungeduldige Begierde. Er hätte auf dem Gehsteig hüpfen können wie ein Kind, es hätte mich nicht überrascht. Wir gingen eine baumgesäumte Straße entlang, durch den Tumult nach Schulschluss. M. hörte zu, wie ich ihm von meinem Tag erzählte, als er mit einem Mal abbog, um die Straße zu überqueren, und mich an der Hand hinter sich herzog. »Es stört dich doch nicht, wenn wir kurz zum Bäcker gehen? Ich sterbe vor Hunger.« Seine Geste war unbewusst geschehen, ohne Kalkül. Ich folgte ihm aufgewühlt. Als wir auf dem gegenüberliegenden Bürgersteig waren, behielt er meine Hand in seiner, bestimmt wollte er zu seiner Geste stehen, sie nicht als das erscheinen lassen, was sie war: eine Übersprunghandlung, ein körperlicher Lapsus. So stellten wir uns in die Schlange beim Bäcker, mit einem Mal schweigsam, angespannt und euphorisch. Ich traue mich nicht, ihn anzusehen, aus Angst, den Augenblick zu zerstören, ich richtete meine Aufmerksamkeit also auf den älteren Mann vor uns, seine Finger, die eifrig das Kleingeld in seiner Handfläche zählten.

Was bedeutete diese Geste? Wollte er mir etwas sagen? Hatte er plötzlich vor, Sie zu verlassen? Ich muss zugeben, dass mich die Vorstellung von einem Leben als Paar manchmal reizte. Ich sah vor mir, wie ich ihn meiner Mutter, meinen Freunden und Kollegen vorstellte, stolz, legitim, mit ihm Wohnungen besichtigte, ein Sofa aussuchte, überzeugt, dass es dieses Mal anders wäre, dass ich geschickter wäre, cleverer. Wir haben nie offen über diese Möglichkeit gesprochen, nicht einmal in acht Jahren. Zumindest nicht konkret. Wir machten Pläne für später, hatten schwammige Vorstellungen, ein Chalet an einem Bergsee, ein großer spanischer Hund, der vor dem Kamin schnarcht, mit der beruhigenden Gewissheit, dass nichts davon eintreffen würde.

Aber als er in dieser Bäckerei meine Hand hielt, kannten wir uns erst seit einem Jahr, unser Pakt war noch unscharf und elastisch.

Er wählte ein Croissant, fragte mich, ob ich etwas wolle, nein, danke, küsste mich flüchtig auf die Wange. Wir gingen hinaus, die Hände immer noch verschränkt.

Seit diesem Tag versteckten wir uns nicht mehr, wir küssten uns und hielten Händchen auf der Straße. Ich schätzte es, mich nicht wie eine Geliebte verhalten zu müssen, verdruckst, schambehaftet. Ich weiß, dass ich ihn nicht lange geliebt hätte, wenn er mir ein Sicherheitsprotokoll aufgedrängt hätte. Er wusch sich bei mir mit meiner Seife, nahm mich in den Arm, wenn ich Parfum aufgelegt hatte, hat mich nie gebeten, ihn abends oder am Wochenende nicht anzurufen, solche Dinge.

Noch heute frage ich mich, wie viel Sie wissen, was Sie begriffen haben. Ich glaube, dass er absichtlich Indizien hinterließ, nicht, damit Sie die Wahrheit herausfinden, sondern, damit Sie nicht überrumpelt wären, wenn Sie sie eines Tages herausfinden sollten. Oder vielleicht war es seine Art, Ihnen die Dinge nach und nach mitzuteilen, damit sich Ihre Beziehung schonend wandelte. Ich weiß es nicht. Das erzähle ich mir gern. Dass Sie es auf gewisse Weise wussten und ganz einfach entschieden haben, woanders hinzuschauen, dass Sie vielleicht sogar selbst eine Affäre haben. Dass Sie sich nicht gerade fragen, wer dieser Mann war, mit dem sie beinahe dreißig Jahre Ihres Lebens verbracht haben. Er hat Sie geliebt, Verzeihung, wenn ich mich wiederhole, aber ich will nicht, dass Sie denken, dass er aus Feigheit bei Ihnen geblieben ist. Er hat Sie geliebt. Ich hoffe, dass ich Ihnen da nichts Neues erzähle.

Sonia lehnte es ab, M. zu sich ins Haus zu holen. Sie meinte, er stinke. Wir legten ihn dahinter in den Holzunterstand, auf dem wir eine Plane befestigten, um ihn vor dem inzwischen heftig prasselnden Regen zu schützen. Ich nahm den Spaten und begab mich auf die Suche nach der besten Stelle für ihn. Nicht zu weit weg, denn ich musste M. dorthin befördern. Mit meinem Knöchel würde ich ohnehin nicht den New-York-Marathon laufen. Ich humpelte erneut zum Auto. Rechts von mir bemerkte ich einen Schuppenanbau, dessen Dach mit Solarzellen bedeckt war, auf die der Regen trommelte. Meine Jogginghose war bereits pitschnass, meine Füße schwammen in den Turnschuhen. Unter dem trostlosen Himmel in bescheidenem Grau, fast Weiß, war der Berg so anziehend wie eine Industriezone. Wie sollte ich einen Ort finden, der M. gerecht wurde? Mir war beinahe danach, umzukehren und ihn ins Krematorium zu bringen. Als ich mir seine Beerdigung am Fuße einer hundertjährigen Eiche vorgestellt hatte, schien die Sonne, die Schmetterlinge flatterten zwischen den Mohnblumen und Margeriten, ich trug ein langes weißes Kleid, die Rehe, Füchse und Hasen des Waldes gesellten sich zu uns. Ein Spatz setzte sich auf meine leicht erhobene Hand und ich sang mit Schneewittchenstimme. Doch das Einzige, was ich sah, waren Wurzeln, Moos, Geröll, ich wusste nicht einmal, wie ich dort graben sollte. Ich schlug den Pfad zum Bach ein und schaute dieses Mal genau, wohin ich meine Füße setzte. Am Ufer angekommen, entschied ich mich, dem Flusslauf nach rechts zu folgen. Die Bäume hielten beinahe den Regen ab. Ich dachte an die Frau am Strand. Was tat sie gerade? Hatte sie wegen des Wetters ihre Pläne für den Tag aufgegeben? Ich war mir sicher, dass sie nicht unvorbereitet war. Sie spielte bestimmt mit ihren Töchtern im gemieteten Chalet Brettspiele. Monsieur war unter der Dusche, er hatte ausgeschlafen.

Mir kam in den Sinn, wie Ninas erste Lebensmonate Romain und mich in Tiere verwandelt hatten. Mich auf jeden Fall in eine Hündin, ihn, weiß ich nicht. Als ich anfangs nachts aufstand, um mich um das Baby zu kümmern, bedachte ich meinen tief schlafenden Mann, so schön, so harmlos, mit einem zärtlichen Blick. Nach etwa zehn Tagen hatte sich die Zärtlichkeit in Ärger verwandelt, dann in reinsten Hass. Der Schlafentzug brachte mich an den Rand des Wahnsinns. Bis sie zwei Jahre alt war, schlief Nina nicht länger als drei Stunden am Stück. Romain arbeitete damals, ich nicht. Das war die Begründung, mit der er daherkam, um sich das nächtliche Aufstehen zu ersparen. Und wenn dieses Kind nicht schlafe, sei das nicht auch ein wenig meine Schuld? Wenn ich sie anfangs ein wenig hätte weinen lassen, wären wir nicht in dieser Lage. In diesem Moment realisierte ich die Ungerechtigkeit nicht. Ich realisierte nicht, dass ich deshalb keine Arbeit hatte, weil meine befristete Stelle als Lehrerin der Verkündung der Schwangerschaft nicht standgehalten hatte, weil es unmöglich war, als das Kind einmal da war, einen Platz in einer staatlichen Krippe zu finden, trotz Wartelisten und Bettelgesuchen, weil ein Platz in einer Privatkrippe drei Viertel meines Gehalts gekostet hätte, also, du verstehst doch, Schatz, dass es das nicht wert ist, dann kannst du dich auch um die Kleine kümmern, sie wachsen in dem Alter so schnell, bleib doch zu Hause, genieß es. Ich realisierte nicht, wie erschöpft ich war, dass die Aussicht auf zwei Stunden ohne Baby mir wie unverhoffter Luxus vorkam, dass ihre Gegenwart mich aus mir selbst riss, ständig, aus meinen Gedanken, mich verdummen ließ, und dass es nie aufhörte, nicht einmal nachts. Romain schlafen zu sehen, mit diesem »Es steht mir zu« auf die Stirn tätowiert, als ob er darauf wartete, dass man ihn zu seinem harten Arbeitstag auch noch beglückwünschte, machte mich also manchmal rasend, und während ich Nina wiegte, die auf meinem Arm schlief wie ein Leopard auf seinem Ast, indem ich mit der Regelmäßigkeit eines Metronoms mein Gewicht von einem Bein auf das andere verlagerte, überkam mich manchmal der Drang, ihm den nächstbesten Gegenstand an den

Kopf zu werfen. Nicht, damit er übernahm. Nur, damit er nicht schlief. Nicht, solange ich nicht auch durfte. Irgendwann entstand natürlich ein Vorsprung, ich war so viel kompetenter im Umgang mit der Kleinen geworden, dass ich ihn um immer weniger bat.

Eines Abends, am Ende meiner Kräfte, bettelte ich ihn an. Wir waren am Essen und aus dem Nichts begann mein Bauch zu zittern. Es begann mit leichten Zuckungen, die rasch in meinen Hals stiegen und sich in Schluchzer verwandelten. Keine Tränen zunächst, es glich eher einem heftigen Schluckauf. Dann drang ein merkwürdiger Laut aus meiner Kehle, wie ein Wimmern, und ich konnte gerade noch die Serviette vor mein Gesicht ziehen, um die schreckliche Grimasse zu verbergen, die meinen Mund entstellte. Da setzten die richtigen Schluchzer ein, drückten gewaltsam nach oben, Tränen und Rotz flossen in meine Serviette. Romain erschrak natürlich, legte seine Hand auf meinen Arm, »Was hast du, Schatz?«, und ich bekam keine Silbe heraus, erst musste der ganze Mist raus, der mir die Luft nahm. Als ich mich beruhigte, wieder Luft bekam, sagte ich, dass ich müde sei, dass ich bereit wäre, mir für eine Nacht Schlaf mehrere Finger abzuhacken. Nur acht Stunden für mich, ohne Pulvermilch, ohne Windeln wechseln. Ich sah genau, was sich in seinen Augen abspielte. Flüchtig, aber unwiderruflich. Ärger. Natürlich fühle er mit mir, natürlich werde er mir helfen, natürlich werde er sich heute Nacht um alles kümmern, damit ich mich ausruhen könne. Aber ich sah genau, dass ich mich aus seiner Sicht ganz allein in diese Lage gebracht hatte. Dass dieses Kind mit ein bisschen Vernunft und Organisation seit Langem durchschlafen würde, schau dir die Tochter meiner Schwester Annabelle an, da war nichts zu hören, und sie hat schon auf der Entbindungsstation sechs Stunden durchgeschlafen. Nichts davon hat mit Annabelles Vorliebe für Uniformen und ihren wehmütigen Gedanken an die Guillotine zu tun. Wenn ich ihre Tochter gewesen wäre, hätte ich auch keinen Mucks gemacht. Aber auf seine Schwester ließ er nichts kommen. Vor allem hatte er nichts gesagt. Ich habe es nur in seinen Augen gelesen. Dämlich, wie ich war, hatte ich mich wieder einmal in eine Lage gebracht, aus der er mich herausbugsieren musste.

An dem Abend ging ich früh ins Bett, ohne mich um Ninas Schlafrhythmus zu kümmern. Natürlich machte ich ein Auge auf, als sie das erste Mal zu weinen begann, vor Romain. Ich griff an seine feuchte Schulter, rüttelte ihn sanft. Er stand auf, ließ sich Zeit. Ich wusste, dass Nina, je länger sie weinte, umso schwerer wieder zum Einschlafen zu bringen wäre. Heute Nacht war das nicht mein Problem. Ich legte mir das Kissen über den Kopf, um mich vor dem Lärm und dem Licht im Flur zu schützen, das Romain angeschaltet hatte. Warum? Machte ich etwa das Licht an? Nein. Weil Licht der Kleinen die falsche Botschaft sendete. Licht an, alle sind wach, Party, es wird gefeiert. Ich wusste, dass man, so gut es geht, die nächtliche Atmosphäre beibehalten muss. Wenig Lärm, wenig Licht. Bevor er sie aus der Wiege nahm, ging Romain in die Küche, um ein Fläschchen vorzubereiten. Und er hat die Kuh selbst gemolken, kein Zweifel, so lange, wie er gebraucht hat, während das Geschrei lauter wurde. Ich hätte ihm sicher meine Technik erklären sollen: die Flasche auf das Waschbecken im Bad stellen, mit der richtigen Dosis Milchpulver, sodass man sie nur mit lauwarmem Wasser aus dem Hahn füllen musste. Das Fläschchen auf dem Weg vom Bad zu Ninas Zimmer schütteln, genau zehn Sekunden. Ich hörte das Geräusch der Mikrowelle. Dieser Idiot wärmt die Milch in der Mikrowelle auf. Man glaubt, dass das Leben als Paar nur Liebe ist, aber ich hätte gern einmal einen Einblick in die intimen Gedanken aller Paare auf dieser Welt, vor allem die mit Babys. Auch wenn sie sich lieben, auch wenn alles gut läuft, ich verwette meine Klitoris darauf, dass sie alle diese Gedanken haben, dass sie sich alle irgendwann einer Form von Hass auf den anderen hingeben. Vor allem, wenn der andere das Fläschchen in der verdammten Mikrowelle aufwärmt. Und wahrscheinlich hätten M. und ich, wenn wir da durchgegangen wären, zusammengelebt hätten, mit Kinderwagen und Impfkalender, es nicht viel besser gemacht. Ich hörte, wie die Tür der Mikrowelle sich öffnete und Romain einen erstickten Fluch ausstieß. Wetten wir, wie schlimm er sich verbrannt hat?

In der Zwischenzeit hatte die Kleine angefangen zu brüllen. Aber ich durfte nicht aufstehen. Zunächst, weil ich ein *Recht* auf diese Nacht Schlaf hatte, auch wenn sie nicht gut losging, und dann, weil ein Einmischen meinerseits dazu führen würde, dass alles, was schiefginge, meine Schuld wäre. Und weil man am besten durch Fehler lernt. Ich war schließlich so sicher im Umgang mit dem Kind geworden, weil ich zurechtkommen musste, das war nicht angeboren, ich hatte alles lernen müssen, Nacht für Nacht. Als Romain endlich zu Nina ins Zimmer ging, schrie sie aus vollem Hals, er nahm sie aus dem Bett, und ich hörte das Geräusch des kleinen Schmollmundes, der den Sauger nahm, und Stille kehrte ein.

Zum Glück schlafe ich auch verärgert so schnell ein wie eine Katze.

Ich weiß nicht, ob Romain es mit Absicht gemacht hat. Das werde ich mich immer fragen. Aber die Nacht war ein Desaster, Nina wachte öfter auf als sonst, Romain geschah ein Missgeschick nach dem anderen, und am nächsten Tag hatte er die Laune eines tollwütigen Hundes. Und der Po der Kleinen war knallrot, weil er sie stundenlang nicht gewickelt hatte. Dennoch kann ich nicht behaupten, dass Romain ein schlechter Vater ist im Vergleich zu dem, was ich bei Freundinnen mit angesehen habe. Aber ich begriff, dass es einfacher war, nur auf mich selbst zu zählen, was die Nächte betraf.

Ich hätte meine Klitoris *und* meine Nippel darauf

verwettet, dass der Typ vom Strand noch nie die Windeln seiner Töchter gewechselt hat, nicht ein Mal. Und sie war so verrückt, sich ein weiteres Kind aufzuhalsen. Bereute sie es, wenn sie sich mit schwerem Bauch über ein Spielbrett beugte, während die Windböen die Regentropfen wie Kies an die Fenster der Ferienwohnung warfen, und sie die Kinder bat, nicht zu laut zu sein, weil Papa heute Morgen ein bisschen Ruhe brauche?

Der Fluss führte mich zu einer freieren Stelle, einer Art kleinen Weide, umgeben von Wald. Hier sollte es sein. Was auch immer es kostete, welche Überraschungen mich auch erwarteten, hier würde ich graben. Und dann würden wir weitersehen.

Ich glaube, ich bin schon immer alt gewesen. Ich habe selten Drogen genommen, sie machen mir Angst – abgesehen von Joints, aber das zählt nicht, Cannabis ist eine Droge für Alte –, ich habe wenig gefeiert, habe mit wenigen Männern geschlafen. Mir waren Lesen und Langeweile immer lieber. Ich mag Langeweile. Der Schwindel endlos erscheinender Tage. Vielleicht habe ich in dieser Leere keine Angst mehr vor dem Tod, weil er mir erstrebenswert erscheint. Ich habe einen Teil meines Lebens darauf verwendet, die Bedingungen für Langeweile zu schaffen. Sicher mag ich deswegen das Pärchenleben nicht. Der andere füllt – meine Zeit, meinen Raum.

Romain musste die Stunden nutzen, die nicht von Arbeit oder Schlaf besetzt waren. Man musste sie füllen, sie einrichten, keine Sekunde vergeuden. Wenn das Wochenende kam, hatte ich dieses Bild der Konkurrenten der TV-Sendung ›Fort Boyard‹ im Kopf, die sich beeilen, so viele Goldstücke wie möglich zu sammeln, bevor das Gitter herunterfährt. Sie suchen nach der effizientesten Technik, manche Männer benutzen die Bäuche ihrer Teamkollegen als Transportfläche, andere verwenden ihre T-Shirts, um möglichst viel auf der Waage anzuhäufen.

Am Donnerstag ging es los, in den WhatsApp-Gruppen war die Hölle los, am Freitag etwas trinken gehen, am Samstagnachmittag ein Ausflug mit den Kindern, abends ein Restaurantbesuch, am Sonntag ein Mittagessen, ein Umzug, eine Hochzeit, ein Kulturevent, das Konzert eines Kumpels, ein Geburtstag. Ich täuschte Begeisterung und Neugier vor, spielte die Rolle der guten Mutter, guten Ehefrau, guten Freundin. Ich simulierte. Und hatte Gewissensbisse, weil ich mich zwingen musste. Was stimmte nicht mit mir? Und dann die Ferien, man musste verreisen, eine Wohnung finden, sich mit Freunden abstimmen, reservieren, Mails schicken, antworten, Sonnencreme kaufen, Antimückenspray, Sandalen, Kopfbedeckungen, Badeanzüge, ein aufblasbares Einhorn, eine neue Kamera, Zubehör für das Tablet, einen Haufen Plastikgegenstände, die man anschließend in der Wohnung unterbringen oder wegwerfen musste.

Nach meiner Trennung von Romain übernahm Hugo. Andere Aktivitäten, andere Freunde, andere Reiseziele, aber immer dieser Zwang, etwas vorzuhaben, die Stunden vollzustopfen. Und ich immer noch mit Gewissensbissen, weil ich keine Freude daran hatte, mich nach Stillstand sehnte, nach Stille, Leere.

Als ich Hugo verlassen hatte, konnte ich es mir endlich aussuchen. Nina hat mir den Weg gewiesen.

Sie war zehn. An einem Samstagmorgen, als ich über eine Aktivität für den Tag nachdachte, hob sie ihren zerzausten Kopf über der Cornflakes-Schüssel und erklärte: »Ich habe heute keine besonders große Lust, rauszugehen.« Ich glaube, das »besonders« war es, was mir das Herz brach. Dieses Bedürfnis, ihre Bitte abzumildern. Weil sie den gesellschaftlichen Preis schon kannte. Zu Hause bleiben wollen ist schlecht, es isoliert, man muss an der großen Konsumparade teilnehmen wollen. Sonst ist man komisch, uncool, unsympathisch.

Von dem Tag an gestand ich es mir zu, Tempo herauszunehmen, gegenzusteuern, ohne zu wissen, dass mich das genauso viel Kraft und Freundschaften kosten würde. Nein zu sagen, hinzuhalten, »vielleicht ein anderes Mal« zu antworten.

Jeden Sonntagabend, wenn Romain Nina bei mir abholte, stellte er mir die gleiche rituelle Frage: »Was habt ihr am Wochenende gemacht?« Ich musste »Nichts« antworten, ohne den Blick zu senken. Mit der Zeit fragte er mit mehr Nachdruck: »Habt ihr ein bisschen was unternommen?« Und mein beinahe systematisches »Nein« ließ sein Gesicht verkrampfen. Ich ließ das Gute-Mutter-Land endgültig hinter mir.

Wenn Nina nicht bei mir war, verließ ich meine Wohnung, außer für berufliche Verpflichtungen, nur noch selten. Ich lud meine wenigen Freunde zum Abendessen ein, M. besuchte mich, wir kochten zusammen und die restliche Zeit über las ich. Für M. änderte das nichts, wir haben uns immer nur zu zweit gesehen, bei mir, außerhalb des sozialen Umfelds. Nur Audrey ist er mal begegnet, sie hat darauf bestanden, dass wir zu dritt etwas trinken gehen. Sie ertrug die Vorstellung nicht, dass ein Mann, den sie weder kannte noch abgesegnet hatte, so viel Raum in meinem Leben einnahm. Er hatte sich der Prüfung gestellt und mit wehenden Fahnen bestanden.

Zu den Rentnerfreuden, die ich mit M. teilte, gehörte gutes Essen. Nicht besonders originell, ich weiß. Wir liebten es, lecker zu kochen, unser Können zu teilen. Nun, wenn ich »nicht besonders originell« sage, stimmt das nicht ganz. Ich kenne viele, die gern gut essen, aber ich kenne wenige Paare, die gemeinsam kochen. Für gewöhnlich kam er gegen 17 Uhr zu mir – noch einmal, ich weiß nicht, was er Ihnen erzählt hat, ich fragte selten danach –, mit einer großen Tüte Zutaten beladen, die er dem Menü, über das wir uns per SMS ausgetauscht hatten, entsprechend eingekauft hatte. Obendrein oft eine kleine Überraschung, ein Stück Käse oder gutes Brot. Ich bin mit einem Paar befreundet, das sich Koks schenkt, halluzinogene Pilze, sich zudröhnt, bis Mitternacht ausgeht, Gruppensex hat. Wir gerieten angesichts eines Stücks Comté in Ekstase, einer Flasche Bordeaux. Um 23 Uhr zog M. sich wieder an und ich schlief glückselig ein. Routine schreckte uns nicht.

Und ja, manchmal brauchten wir mehr, mehr Zeit,

ganze Nächte, um uns zu anderen Zeiten zu lieben, also kamen wir her, in das Chalet am Seeufer, rissen ein paar Stücke Alltag aus dem Leben im Untergrund.

Als ich mich entschloss, zu Sonias Haus zurückzugehen, war es schon Nachmittag. Es regnete immer noch, ich war nicht fertig mit dem Graben. Zu meinen Füßen tat sich ein unregelmäßiges, unansehnliches Loch auf, deformiert von Felsen und Wurzeln, die ich mit dem Spaten beschädigt hatte. Ich hätte einen Eimer gebrauchen können, Handschuhe, Hilfe. Warum sieht es in Filmen immer so einfach aus, ein Grab auszuheben? Warum ist die Erde dort so locker und leicht? Warum lügt man uns an? Meine Hände waren rot und stellenweise mit Blasen übersäht, mein Rückgrat und meine Schultern schmerzten, ich war erschöpft.

Ich hinkte kläglich den Pfad zurück. Ich fragte mich, ob die Viper immer noch in der Gegend war. Litt sie unter unserer Begegnung am Vortag? Schließlich war ich auf sie getreten. Vielleicht schlängelte sie sich zwischen den Farnsträuchern hindurch und schimpfte auf ihren steifen Nacken, auf diese Idiotin, die nicht schauen konnte, wohin sie trat. Oder sie war tot.

Als ich an meinem Wagen vorbeikam, begutachtete ich die Heckscheibe, die mit einem Stück Plane oder

Plastiktüten hätte abgedeckt werden müssen, dann verscheuchte ich den Gedanken wieder.

Für heute hatte ich genug getan. Ich kam um vor Hunger.

Ich warf den Spaten an die Steinmauer, öffnete die Tür, ließ mich von der Wärme des kleinen Ofens einhüllen. Sonia saß mit dem Rücken zu mir am Tisch und beugte sich über etwas, das ich nicht erkennen konnte. Ich hatte eine Vision wie aus einem Horrorfilm, stellte mir vor, wie sie sich zu mir drehte, der untere Teil ihres Gesichts mit dem Blut dessen beschmiert, was sie gerade verschlang, ein menschliches Herz oder ein lebendes kleines Tier, ihre Augen dunkel und stumpf, zwei Pforten zur Hölle. Im Grunde kannte ich sie nicht. Mir wurde bewusst, dass es Nacht wurde und ich hier schlafen würde, in diesem Haus. Wo eigentlich? Es gab nur ein Bett. Und hinter der Hütte, im Holzunterstand, lag M., wie irgendein Schafskadaver. Zum ersten Mal spürte ich, dass er nicht mehr da war, wirklich nicht mehr da. Wenn ich nicht mehr neben ihm schlafen konnte, dann war er wirklich gegangen. Er war nur noch ein Körper, der ein paar Meter weiter verweste, und ich konnte nichts dagegen ausrichten. Er entglitt mir immer weiter, wurde mir aus den Händen, aus den Armen gerissen. Am liebsten hätte ich mich auf die Erde gelegt, an Ort und Stelle, und auf den Tod gewartet. Sonia flüsterte: »Komm her.«

Nur eine Stehlampe kämpfte schwach gegen die

Dunkelheit, ließ ihren Lichtstrahl bis zum Tisch kriechen, wo Sonia an ihrem geheimnisvollen Werk zugange war. Sie hatte gesprochen, ohne sich umzudrehen. Da hörte ich das Schleifgeräusch. Über ihren Schultern zitterte ihr Haar im Rhythmus der Handbewegungen. Die Regenschlieren auf dem Fensterglas warfen Schatten auf den Boden, die an sich windende Würmer erinnerten. Ich ging um sie herum, beugte mich über den Tisch. Sonia hielt etwas Kleines, Weißes zwischen ihren trockenen Fingern, ihre Gesten waren vorsichtig, fast elegant, wie bei einer Maniküre, und es war tatsächlich eine Feile, mit der sie über das weiße Ding fuhr. Sie legte es auf den Tisch und schob es zu mir, damit ich es mir ansehen konnte. Mir wurde schlecht. Es war ein Zahn. Mit einem weißen Fluorosefleck. Ich stürzte hinaus.

Ich floh in den Unterstand, zu M. Ich nahm seine eiskalte, feuchte Hand und legte sie an meine Wange. Ich bat ihn um Verzeihung. Was war nur in mich gefahren? Ihn hierzulassen, dieser Hexe zu vertrauen. An Vorzeichen hatte es nun wirklich nicht gefehlt. Die Kugeln in der Heckscheibe würden bei den meisten Menschen doch zumindest einen gewissen Verdacht erwecken, oder? Nicht bei mir. Nein, ich will immer glauben, dass die Regeln nur für die anderen gelten, dass ich alles neu erfinden kann, mich von der Wirklichkeit befreien, mit offenem Herzen und einer Gänseblümchenkrone im Haar die Welt erkunden! Dass man mit dem Misstrauen auch das Böse verbannt. Verdammtes Miststück. Ich wagte nicht, unter die Plane zu schauen, ich wollte seinen Mund, dem ein Zahn fehlte, nicht sehen. Entschuldigung. In dem Moment sind auch Sie mir eingefallen, und ich beschloss, ihn zu Ihnen zurückzubringen, dorthin, wo er sein sollte, in einem Sarg, im Trockenen, in Sicherheit. Ja, ich würde ihn ins Auto laden, wir würden von hier wegfahren, und sobald ich auf der Straße wäre, würde ich die nächste Polizeistation ansteuern, oder nein, das erstbeste Krankenhaus, dort gab es ein

Kühlhaus, sie könnten sich sofort um ihn kümmern. Und ich würde mich stellen, für alles geradestehen. Ich war bereit.

»Dein Geheul könnte ja Tote aufwecken.«

Sonias Stimme, wie ein Quaken hinter der Plane. Ich hatte sie nicht kommen hören.

»Kommst du rein, damit ich dir erklären kann, wo du schläfst?«

Ich beschloss, sie zu verprügeln, bevor ich fuhr. Ich schoss aus dem Holzunterstand, schubste sie mit beiden Händen, und sie fiel rückwärts auf die durchnässte Erde. Ich warf mich neben sie, auf die Knie, dann zögerte ich kurz, wusste nicht, wie ich es anstellen sollte. Ich hatte mich seit Schulhofzeiten nicht mehr geschlagen, und selbst damals endete der Kampf immer, wenn der Gegner am Boden war. Wie schlägt man jemandem die Fresse ein? Ich glaube, ich habe auch gezögert, weil ich Angst hatte, ihr weh zu tun. Man hat mir nicht beigebracht, mich einem Körper aufzudrängen.

Sie ließ mir keine Zeit zum Nachdenken, richtete sich auf, warf mich um, kurz darauf fand ich mich flach auf dem Bauch wieder, ihr Knie in meinem unteren Rücken, mein Handgelenk zwischen den Schulterblättern, die Schulter kurz vorm Auskugeln, ihre Hand in meinem Haar drückte mein Gesicht in den Schlamm. Der Boden war mit Kies bedeckt, vielleicht nur fünf Zentimeter tief, aber das genügte, um meine Nasenlöcher mit Steinchen zu füllen und jedem noch so kleinen Luftmolekül den Weg zu versperren. In meiner Panik öffnete ich die Lippen, als würde ich die Erde küssen, der Geschmack erinnerte mich an das Matschgemisch meiner Kindheit, das ich mit meinem Bruder machte, Erde, Gras, Löwenzahn, und das wir am Ende als Mutprobe kosteten. Nicolas Kindergesicht stand mir plötzlich mit erschreckender Klarheit vor Augen. Sein Lachen.

Ich stützte meine freie Hand am Boden neben meinem Kopf auf, um mich hochzustemmen, aber Sonia schien so schwer wie ein Granitblock. Schließlich riss sie mich an den Haaren hoch, erlaubte mir einen tiefen Atemzug, ich sog Schlamm in meine Luftröhre. Auf dem Bauch, mit zusammengepresstem Brustkorb, zurückgezogenem Kopf, verstopften Nasenlöchern, blockierter Kehle und Lungen, die kämpften, um ein wenig Luft zu bekommen, hatte ich das sichere Gefühl, dass ich sterben würde, und zwar langsam.

Ich hörte »Scheiße« und wie Sonia aufsprang und zum Haus rannte. Ich stemmte mich auf die Knie, versuchte zu husten, dann einzuatmen, ein Röcheln, meine Luftröhre schien nur noch eine winzige Öffnung zu haben. Ich krümmte mich, versuchte Erdbrocken auszuspucken. Sonia war wieder neben mir, drückte mir eine Flasche Wasser in die Hand.

»Versuch es hiermit.«

Ich trank ein paar Schlucke. Es pfiff immer noch, aber das Loch hatte sich wohl leicht vergrößert. Ich prustete, um den Schlamm aus meinen Nasenlöchern zu bekommen, spürte, dass mein Gesicht geschwollen und puterrot war, meine Augen heraustraten. Sonia breitete ein Tuch am Boden aus und begann einen Kuli aufzuschrauben. Ich schaute ihr entgeistert zu, schüttelte den Kopf.

»Geht's, hast du dich beruhigt, können wir uns unterhalten?«

Sie fasste mich um die Körpermitte, half mir aufzustehen und brachte mich ins Haus. Nach und nach atmete ich wieder normal, aber es tat immer noch weh.

»Gut, ab unter die Dusche, ich geh nach dir.«

Ich stieg voll angezogen unter die Dusche, da meine Kleider mit einer dicken Schicht Schlamm bedeckt waren. Ich betete innerlich, sie möge heißes Wasser haben. Ja. Ich ließ den Dreck herabrinnen, in die weiße Emailwanne, und zog mich dann langsam aus. Es kam mir vor, als vergingen Stunden, um halbwegs sauber zu werden. Die Matschkrümel und Zweige in meinem verknoteten Haar, die Erde in meiner Nase, der Sand zwischen meinen Zähnen, die Wut und das Schuldgefühl in meinem Schädel. Ich prustete, spuckte, schniefte, spuckte wieder, so viel wie möglich. Der Dampf schien meine Lunge ein wenig zu weiten. Ich erwartete, dass Sonia mich anschreien würde, weil ich zu lange brauchte, aber offenbar hatte sie entschieden, für kurze Zeit keine Kratzbürste zu sein. Stattdessen reichte sie mir eine kleine Wanne über die Kabinenwand.

»Für deine Klamotten.«

Ihre Seife roch komisch, vage nach Teer oder Rauchtee. Mir ging auf, dass ich mich seit M.s Tod zum ersten Mal wusch. Ich zerstörte vermutlich die letzten Teilchen von ihm auf meiner Haut, ein unverzeihlicher Fehler! Dann entschied ich, dass sie wegmussten, wie der Rest, wie der Melonenschnitz im Mülleimer, wie sein Leichnam. Und dass das kein Verrat war.

Als mein Vater starb und seine Wohnung ausgeräumt werden musste, schaffte ich es nicht, irgendetwas wegzuwerfen oder zu verschenken, nicht den Kassenzettel auf der Arbeitsfläche der Küche, nicht das angebrochene Zigarettenpäckchen, nicht seine Kleider. Ich hatte das Gefühl, ich würde ihn damit noch einmal töten.

Aber es musste schnell gehen, der Besitzer hatte es eilig, die Wohnung neu zu vermieten. Schnell. Den Toten entsorgen, wie man eine Spülung betätigt. Am Ende gaben Audrey und ich alles weg, ich behielt nur sein Set blau-weißer Tassen. Er hatte sie in den Achtzigern mit seinen Tankstellenmarken eingelöst, in ihnen hatte er mir meinen Kakao serviert, als ich klein war, und später Kaffee.

Seitdem benutze ich sie jeden Morgen, und jeden Morgen ist mein Vater zum Frühstück bei mir, ich habe ihn weder verraten noch verlassen.

M. gehen zu lassen bedeutete nicht, ihn zu verraten oder zu verlassen. Seine Zellen auf meiner Haut änderten nichts. Auch meine Zellen würden sterben, sich erneuern, und in ein paar Wochen würde keine von ihnen jemals von M. berührt worden sein.

Sonia bedeutete mir mit einer Geste, mich ihr gegenüber an den Tisch zu setzen. Sie hielt mir eine Zigarette hin, ich lehnte ab.

»Dort, wo ich aufgewachsen bin, führen wir dieses Ritual durch. Jedes Mal, wenn ich einen Zahn verloren habe, machte sich meine Mutter einen Talisman daraus. Sie sagte, das sei ein Weg, mich immer bei sich zu tragen.«

Sie zog ihren Ärmel hoch, entblößte ihr Handgelenk, an dem sich unter der Haut eine Art Armband abzeichnete. Die unregelmäßige Form kleiner Objekte, die daruntergeschoben worden waren, direkt am Knochen, unter der weißen Epidermis. Sie legte ihren Finger auf eines von ihnen.

»Das da ist ein Milchzahn von meinem Bruder, Bird. Da sind die meiner Tochter. Das hier ist kein Zahn, das ist ein Amulett aus Horn.«

Sie zog den Ärmel weiter hoch. Ihr Arm war mit Wölbungen in verschiedenen Formen und Größen übersät.

»Ich werde dir nicht meinen ganzen Stammbaum erklären, aber grob gesagt ist meine ganze Familie hier vertreten. Das hier zum Beispiel ist eine Perle aus der Kette meiner Großmutter. Man hat nur selten Gelegenheit, den Toten Zähne zu ziehen. Ich dachte, dass du dich freuen würdest, einen von ihm zu behalten.«

Ich brachte kein Wort heraus. Das war wahnsinnig und wunderschön zugleich. Warum hatte ich noch nie von diesem Brauch gehört? Warum war das nicht stärker verbreitet?

Wie viele Eltern habe ich Ninas Milchzähne alle in einer kleinen Schatulle aufbewahrt, die in einer Schublade im Bad herumliegt. Ich habe oft gedacht, dass man etwas damit machen sollte, habe aber nie herausgefunden, was. Der Gedanke, sie auf einen Ring zu setzen, war mir in den Sinn gekommen, aber ich habe mich nicht getraut, zu einem Juwelier zu gehen und so etwas zu beauftragen. Zu groß war meine Sorge, man könnte mich für eine Irre halten, würde mein Vorhaben als etwas Makabres ansehen. Aber wenn man weiß, wie viele menschliche Körper in Gold- und Silberminen zermalmt werden, was ist dann wirklich makaber?

Sonia nahm eine kleine Box vom Regal, ähnlich einer Ringschatulle, und präsentierte sie mir. Die Geste glich einem Heiratsantrag, aber ich war zu müde zum Scherzen, also sagte ich nichts. Mein Hals, mein Knöchel, die Schrammen auf der Stirn, die Blasen auf meinen Handflächen, meine Schläfen, mein

Kopf, alles setzte mir zu, nagte an mir, ich wollte schlafen.

Sie öffnete die Schatulle und holte M.s Zahn hervor.

Ich nahm ihn zwischen die Finger. Die Oberfläche war glatt, fast warm. Sonia hatte die Wurzel abgefeilt, es blieb nur der sichtbare Teil des Zahns, das kleine Elfenbeinrechteck mit den abgerundeten Ecken.

»Kannst du es jetzt machen?«

»Wenn du willst.«

»Ich will.«

Ich habe mich oft gefragt, wie ich im Nachhinein auf die Beziehung mit M. schauen würde. Ich weiß, dass man eine Liebesgeschichte immer daran misst, wie sie zu Ende gegangen ist. Das ist bescheuert. Auf jeden Fall weiß ich, dass ich zu dieser Art Rückschau neige. Die Jahre, die ich mit Romain verbracht habe, waren glücklich, und doch spreche ich darüber, als hätte er sich mir gegenüber als absolutes Arschloch verhalten. Die Wahrheit ist, dass ich mich verändert habe und er auch, dass ich ihn damals wahrscheinlich auch dafür liebte, dass er mich herablassend behandelte, dass ich darin etwas Beruhigendes sah, ein Zeichen für Stärke, Männlichkeit, die man mir beigebracht hatte zu lieben. Das Gleiche gilt für die Vergewaltigung durch Hugo. In dem Moment habe ich nicht verstanden, dass es eine war, wirklich nicht. Ich dachte, dass Gewalt, Schmerz und Angst zur Liebe oder zum Sex dazugehören. Ich glaubte mich in Sicherheit vor den »echten« Dreckskerlen, da ich mir geschworen hatte, bei der ersten Ohrfeige das Weite zu suchen. Tatsächlich schaffen die Kerle, die ihre Freundinnen schlagen, eine Art Overton-Fenster der Gewalt. Ihre Gewalt ist so extrem, so offensichtlich, so eindeutig identifizierbar, dass man andere Formen von Brutalität nicht mehr sieht.

Schaue ich mit klarem Blick auf meine vergangenen Beziehungen zurück? Oder ist er durch den Trennungsschmerz getrübt? Sogar Historikern fehlt es an Objektivität …

Über M. und mich könnte man einen Film drehen. Ich hätte die Rolle des armen, einsamen Mädchens, verliebt und fasziniert, die ihr Leben lang auf einen verheirateten Mann wartet, den Dreckskerl, der seine Frau betrügt. Man würde meine trostlosen Abende zeigen, Wolldecke, Wein, Katze, Vibrator, wie ich mich in ein zu großes Bett lege, meine Nase in eines seiner T-Shirts grabe und mit der Katze rede, die morgens in meinen Armen liegt. Eine Bridget Jones, nur älter.

Und er, der eiskalte, berechnende Lügner, auf seine Weise ebenfalls allein, unfähig, sich zu öffnen, eine ehrliche Beziehung zu führen. In einem guten Hollywood-Drehbuch wäre seine Mutter nicht weit, mit zu viel oder zu wenig Liebe, auf jeden Fall schädlich.

Aber die Wahrheit, meine Wahrheit, ist, dass ich diese ruhigen Abende schätzte, das Schnurren der Katze, mich allein ins Bett legen, masturbieren, dabei an alles denken, was ich wollte, mittendrin aufhören, wenn mich der Schlaf übermannte, von M. träumen, aufwachen, ohne mich um den anderen zu kümmern, ohne mich fragen zu müssen: Habe ich

Lust auf Sex? Und was, wenn ich keine Lust habe, er aber schon, oder umgekehrt? Und wenn er schlafen will und ich das Licht zum Lesen anmachen? Vielleicht könnte ich ihm Crêpes machen, würde ihm das gefallen? Und danach? Will er einen Spaziergang machen? Oder lieber allein sein? Ich könnte eine Runde rausgehen … Und zum Mittagessen? Was könnte ich da zaubern? Lust, eine Runde zu vögeln? Ach, nein, er ist am Handy.

Ich weiß wohl, dass das, was mir das Leben zu zweit unmöglich macht, von mir kommt. In einer Beziehung auf Distanz habe ich geschafft, nicht mehr diese weiche, flüssige Masse zu sein, aber im Alltag, bei ständiger Nähe, wäre ich dazu nicht fähig gewesen. Oder nur zum Preis von enormer Achtsamkeit und Kraftanstrengung. Meine Einsamkeit erlaubte mir, meine Mitte zu finden, mir Aufmerksamkeit zu schenken, mich auszubalancieren. Eine fragile Angelegenheit. Und das würde es sicher noch lange Zeit bleiben.

Um ehrlich zu sein, vielleicht träume ich ein wenig davon, eines Tages für das Zusammenleben mit jemandem bereit zu sein, später, wenn ich alt bin. Der Gedanke, zu zweit zu sein, sich um den anderen zu kümmern, der Welt ein wenig den Rücken zuzukehren, gemeinsam zu sterben. Wenn ich an das mögliche Ende meiner Beziehung mit M. gedacht hatte, war dieses mir das liebste. Zwei sehr alte Menschen, die im Bett liegen oder an einem Strand, vollgestopft mit Betäubungsmitteln oder was auch immer man braucht, um in den Schlaf zu gleiten. Der Kopf des einen auf die Brust des anderen gebettet.

Wieder war es Nacht geworden. Der Regen war verstummt. Sonia hatte Kerzen angezündet. »Wir hatten heute keine Sonne, ich muss den Rest Strom für den Kühlschrank aufheben.« Sie spielte wohl auf die Solarpaneele an, die ich entlang des Weges gesehen hatte, in der Nähe meines Autos. Ich war zu müde, um sie nach ihrer Lebensweise zu fragen, wie sie sich versorgte. Sie hatte M.s Zahn in ein Glas mit Alkohol getaucht. Auf dem Tisch hatte sie ein Tuch ausgebreitet, darauf ein Skalpell, ein paar Kompressen, die kleine braune Alkoholflasche mit dem schwarzen Deckel, eine Epilierpinzette, eine Rolle medizinisches Pflasterband.

Sonia schob mir ein Schnapsglas mit Rum und eine Tablette zu.

»Das hilft dir danach beim Schlafen, du kannst es brauchen.«

Sie deutete mit dem Kinn auf die Zigarettenpackung.

»Bedien dich.«

Mein Hals brannte immer noch. Ich wusste, dass mir am nächsten Tag schlecht sein würde, aber dieses Mal nahm ich mir eine.

Ich schluckte die Tablette, während Sonia in einem Tonbecken aufgeschichtete Gräser anzündete, die zu qualmen anfingen. Der erste Schluck Rum schoss mir direkt ins Blut, die Schwere verschwand. Das leuchtende Ofenfeuer ließ Schatten über den nackten Boden tanzen. Zum ersten Mal seit fünf Tagen fühlte ich mich sicher. Ich zündete die Zigarette an, genoss das Brennen in der Kehle. Sonia setzte sich mir gegenüber, nahm mein Handgelenk so sanft, dass es mich überraschte, fast sinnlich. Und wenn sie anfangen würde, mich zu streicheln, mich zu küssen?

Aber sie begnügte sich damit, die Innenseite meines Handgelenks mit einer alkoholgetränkten Kompresse abzureiben, dort, wo die Haut am dünnsten ist. Ich beobachtete, wie die sich kreuzenden Adern und Bänder unter der Gaze verschwanden und wieder auftauchten. Das war eine gefährliche Stelle, warum wählte sie diese? Wenn ich jemanden aufschneiden müsste, würde ich eher den Bizeps, den Oberschenkel, einen Körperteil mit mehr Fleisch wählen.

»Hier wirst du ihn gut sehen können, er wird hervorstehen, aber wenn dir das lieber ist, kannst du eine andere Stelle aussuchen.«

»Nein, da ist es gut.«

Sie nahm das Skalpell, setzte die Klinge an meine Haut, die sich widerstandslos darbot, als ob sie es akzeptierte, als bräuchte es keinen Schnitt, um sie zu öffnen. Ein dünner Blutfaden floss heraus, es stach kurz. Sonia tauchte die Pinzette in das Glas und holte

M.s Zahn heraus. Da war M., für immer, in diesem knöchernen Glanz, den sie in die Wunde, unter meine Haut schob. Dann legte sie die Kompresse beiseite, die sie unter ihren Daumen geklemmt hatte.

»Ich werde ein wenig kauterisieren, um die Wunde zu schließen.«

Bei diesen Worten hielt sie das Skalpell über eine Kerze und wartete ein paar Sekunden, bis die Klinge rot wurde.

Ich atmete tief ein. Ich hätte die Augen schließen sollen, aber ich konnte nicht anders, als mein Handgelenk anzustarren, als gehörte es mir nicht mehr, als wäre ich diejenige, die die Klinge führte. Mir kam der Gedanke, dass man für Sie einen zweiten Zahn ziehen sollte. Na ja, »man«, unbestimmtes Personalpronomen, das ist leicht. Sonia müsste weitere Zähne ziehen. Ich wäre dazu nicht imstande. Doch die Vorstellung, dass M.s Körper verringert, ja, geplündert wurde, war mir nicht mehr so unerträglich wie noch am Nachmittag. Vielleicht brauchte ich das, um zu akzeptieren, dass das endgültig nicht mehr er war. Nun ja, doch, immer noch genug, dass ich ihn weiterhin begleiten wollte. Das Loch fertig ausheben, Blumen, Steine und Zweige hineinlegen, M. weich betten, ihn ein letztes Mal küssen und dann alles anzünden. Und ihn brennen sehen, bis es vorbei wäre.

Sonia näherte sich mit der glühenden Klinge dem Schnitt. Vielleicht hätte ich vorher etwas essen sollen, ich spürte mich wegdriften. Wie an dem Tag, als ich mir beim Anziehen einer Jeans einen Leberfleck vom Hüftknochen gerissen habe. Das ist lange her, vielleicht zwanzig Jahre, aber ich erinnere mich an den Schwindel, die Übelkeit, das Blut, das herabhängende Stückchen Fleisch, bei dem ich nicht wusste, ob ich es mit einem Ruck vollständig abreißen oder versuchen sollte, es mit einem Pflaster wieder anzukleben. Ich habe mich gefragt, wie viel ich auf einem Schlachtfeld wert wäre. Am Ende gelang es mir, mich weder zu übergeben noch das Bewusstsein zu verlieren.

Als Sonia die Klinge auf mein Handgelenk legte, fühlte ich eine Welle der Übelkeit. Dann weckte mich der Schmerz und löste das Gegenteil aus, mein Körper richtete sich auf, neu belebt. Der Geruch nach verbranntem Fleisch wirkte benebelnd, das gefiel mir. Der Geruch von Fliegen, die sich an Halogenleuchten verfangen, von rot glühendem Eisen auf einem Pferdehuf, der eines Haares, das sich über einer Flamme windet. Erneut tat mir der Schmerz gut.

Sonia legte das Skalpell auf ein Geschirrtuch. Meine verbrannte Haut bildete eine kleine schwarze Blase.

»Halt sie unter den Wasserhahn.«

Durch den Wasserstrahl, der über mein Handgelenk lief, konnte ich die Verdickung mit M.s Zahn sehen, wie einen Kieselstein am Grunde eines Flusses. Eines Tages werde auch ich sterben, und mein Körper wird ihn freigeben, wenn er sich zersetzt. Doch erst mal ist er da. Mein Leib hält ihn, beschützt ihn, nimmt ihn auf. Da, gleich neben der Arterie, wird er bei jedem Herzschlag beben. Er wird meine Haut altern, faltig werden, austrocknen sehen. Wenn ich eines Tages wieder Sex habe, wird er mit mir vibrieren. Er wird mich nie mehr verlassen.

»Komm, gib mir noch mal deinen Arm.«

Einen Sekundenbruchteil fragte ich mich, ob sie mich noch mal aufschlitzen wollte, dann verstand ich. Feuerheilerin, wie konnte ich das vergessen? Ich setzte mich ihr gegenüber. Ich realisierte, dass ich bestimmt zehn Minuten dabei zugesehen hatte, wie das Wasser meinen Arm hinunterlief, und ihre Anwesenheit vollkommen vergessen hatte. Ich fühlte, dass das an ihr lag, an ihrer Fähigkeit zu verschwinden. Normalerweise bin ich nicht imstande, mich so von anderen freizumachen. Nur hier, nur bei ihr. Oder es lag an den Pflanzen, die sie verkokeln ließ.

»Ja, ich habe ein wenig Stechapfel hinzugegeben, das hilft dabei, abzuschalten.«

Ihre Fähigkeit, meine Gedanken zu lesen, hätte mich alarmieren müssen, aber ich war zu müde, zu entrückt, um Angst zu haben.

Sie nahm mein Handgelenk in ihre Hände. Ich bemerkte ihre hageren Armmuskeln, die unter der dünnen Haut wie Stricke aussahen. Dieses Mal fühlte ich, wie die Verbrennung mich verließ, wie die glühende Hitze von ihren Händen aus der Wunde herausgezogen wurde. Wenn sie nur auf die gleiche Weise mit dem Schlangengift verfahren wäre ... Ich war sicher, dass sie es gekonnt hätte und sich dagegen entschieden hatte. Vielleicht hatte sie recht gehabt. Ich hatte seit drei Tagen ein kompliziertes Verhältnis zu Schmerz. Ein Rest jüdisch-christlicher Erziehung, die zum Vorschein kam? Buße tun und all der Mist? Oder war es Ablenkung von dem anderen Schmerz, dem über M.s Tod?

Ich musste schlafen. Ich schloss die Augen, ließ mich von Sonias Singsang wiegen ... Der Stechapfel ... Hoffentlich wusste sie, was sie tat. Hoffentlich war ihr bewusst, dass ich in meinem Leben noch nie Halluzinogene genommen hatte. M. hatte mir von seinen Horrortrips nach der Einnahme von Pilzen erzählt, er hatte so einiges genommen, als er jung war. Das hatte mich von jedem Drang geheilt, es zu versuchen. Er hatte mir von den Abstürzen erzählt, die mehrere Tage dauern konnten, in denen er daran dachte, sich umzubringen, um die Folter zu beenden, den Momenten grundloser Panik, der Gewissheit, mit dem Leiden anderer Menschen auf dem Planeten verbunden zu sein.

Sonias Hände zogen weiter den Brand heraus. Ich gähnte, mein Körper und mein Geist waren weich, ich brachte meine letzten Kräfte auf, um nicht vom Stuhl zu fallen. Ich fragte mich wieder, wo ich schlafen würde. Es gab nur ein Bett, und ich konnte mir nicht vorstellen, dass Sonia es mir überlassen würde.

Plötzlich richtete sie sich auf, ließ mein Handgelenk los, als hätte ein unsichtbares, unhörbares Alarmsystem angeschlagen.

»Da kommt jemand.«

In Windeseile war sie am Fenster, schob den Vorhang ein kleines Stück zur Seite, während ihre andere Hand nach der Winchester griff.

»Hast du jemandem gesagt, dass du hier bist?«

Das Adrenalin ließ mich wieder hellwach werden.

»Nein, ich glaube nicht, ich ...«

»Glaubst du oder bist du dir sicher?«

Sie schien eher besorgt als verärgert. Da war etwas anderes als ihr angebliches Bedürfnis nach Ruhe. Sie hatte Angst.

»Da ist der Mann, den ich nach deiner Adresse gefragt habe, aber ich denke nicht, dass ...«

»Schau nach!«

»Was?«

»Schau nach, wer da ist.«

»Aber ... und dein Zauber?«

Die vierzigjährige Kriegerin war verschwunden. Vor mir stand ein verängstigtes kleines Mädchen.

»Schau nach!«

Sie richtete die Waffe auf mich.

Ich ging zur Tür mit der vagen Hoffnung, dass sie zu lachen anfangen würde, ihr Gewehr senken, zufrieden, mich aufs Korn genommen zu haben, aber nein, dem Leben fehlte es augenblicklich entschieden an Humor.

Ich trat hinaus. Der Mond warf die schwarzen Schatten der Tannen auf den Kiesweg, der fast weiß wirkte und in die dichte Dunkelheit des Waldes hinaufführte. Vor wem oder was hatte sie nur solche Angst? Ich stellte mir wieder übernatürliche Wesen vor, die es nach menschlichen Seelen dürstete und die wie Dunstschwaden zwischen den Stämmen und Wurzeln schwebten, bereit, mich mit einem Röcheln in Stücke zu reißen. Ich versuchte, mich auf die Bilder dieses Ortes ein paar Stunden zuvor zu konzentrieren, im Tageslicht, rief mir auch in Erinnerung, dass ich letzte Nacht nur zwanzig Meter weiter geschlafen hatte, neben M., und dass uns nichts geschehen war. Mit meinem immer noch geschwollenen Knöchel hinkte ich voran, taub vom Pochen meines Herzschlags in meinem Hals. Ich ging in den schwarzen Schlund der Bäume, versuchte zu sehen, wohin ich trat.

Und wenn Sonia wirklich von gefährlichen Leuten verfolgt wurde? Wenn sie im Zeugenschutz war oder so etwas? Die Tochter eines Mafioso, die ihre Familie ans Messer geliefert hatte. Oder eine Whistleblowerin. Oder eine Wissenschaftlerin, die für einen großen Pharmakonzern gearbeitet und Organhandel aufgedeckt hatte? Ich weiß nicht, ich schaue selten Nachrichten, es hätte mir entgangen sein können.

Vielleicht lauerte in den Schatten ein Kopfgeldjäger. Wenn ich den Laserpunkt eines Snipers auf der

Stirn hatte, sah ich es nicht. Ich glaube, dass man das nicht merkt, man wird ausgeschaltet, *off,* und vorbei. Im Grunde gar nicht so schlecht.

Ich glaubte etwas zu hören. Ich blieb stehen.

Ein Rufen.

Es kam von oben, von der Straße. Eine Männerstimme. Mein Vorname. Ich ging schneller. Er rief wieder. Ich glaubte Jackys Stimme wiederzuerkennen, verzerrt von einem Gefühl, das ich rasch erkannte. Er fürchtete sich. Ich wollte rennen, aber mein Knöchel hinderte mich daran. Es kam mir vor, als wäre die gespannte Haut ausgetrocknet, als hätte sie alle Elastizität verloren und könnte bei jedem Schritt reißen. Ich versuchte zu rufen: »Ich bin hier!«, aber meine Stimme erstarb, bevor sie über meine Lippen kam, atemlos.

Ich fühlte mich wie in einem dieser Träume, wenn man versucht zu fliehen, aber nicht von der Stelle kommt, als würde man in einem Sumpf feststecken. Vielleicht war es das. Ein Traum. Ich war auf dem Stuhl vor Sonia eingeschlafen, betäubt vom Stechapfel. Ich halluzinierte. Vielleicht. Realität und Einbildung waren nicht zu unterscheiden. Und wenn es immer schon so war? Wenn mein ganzes Leben ein einziger Trip war? Vielleicht. Was würde das ändern? Der Kummer ist deshalb nicht kleiner, die Liebe nicht weniger real.

Auf dem Hügel tauchten reglose Scheinwerfer auf. Es sah so aus, als hätte Jacky es nicht geschafft, in den Weg hineinzufahren. Der Zauber hatte keine Wirkung mehr auf mich. Weil ich mich vom Haus wegbewegte? Oder weil Sonia ihn für mich ausgeschaltet hatte? Vielleicht hatte man mir die Zugangsberechtigung erteilt? Oder ich war nach den letzten Stunden jenseits meiner Kindheitsängste. Oder M.s Zahn beschützte mich bereits ...

Im Licht der Scheinwerfer erkannte ich Jackys Gestalt. Der massive Oberkörper, seine breitbeinige Haltung, wie ein Seefahrer im Sturm. Er rief erneut nach mir. Seine Stimme wirkte klarer, er hatte mich wohl gesehen.

Endlich erreichte ich ihn, warf mich ihm in die Arme. Er hielt mich so fest, dass ich zu ersticken glaubte, wieder einmal.

Ich wartete ab, bis er etwas sagte.

»M.s Frau und sein Sohn sind im Chalet. Sie suchen ihn. Anscheinend hast du einen Brief geschrieben ...«

Ich sah bereits den Leichenwagen den Weg runterfahren, die Latexhände auf M.s Körper. Schickt man da einen Leichenwagen? Oder die Ambulanz? Wie werden Tote transportiert? Unter den gegebenen Umständen konnte ich mir vorstellen, dass er durch die Hände eines Gerichtsmediziners gehen müsste.

»Ist er wirklich tot?«

Ich nickte, das Gesicht in seinem Holzfällerhemd vergraben.

»Was hast du nur angestellt, Spätzchen?«

Er ergriff meine Schultern, als wäre ich ein Kind, das man zur Vernunft bringen muss. Ich hoffte, er würde begreifen, dass der Augenblick für eine Predigt falsch gewählt war.

»Ich weiß nicht«, hauchte ich.

»Ist er da unten?«

Ich nickte.

»Was hast du dir dabei gedacht?«

»Nichts, ich weiß nicht. Ich will nicht, dass er geht. Ich will nicht, dass man ihn mir wegnimmt.«

Er nahm mich erneut in die Arme. Er roch nach verkohltem Holz, nach Sägemehl und wie immer nach seinem alten Achtziger-Jahre-Parfum. Ich fühlte mich zu Hause.

Er seufzte.

»Gut, hör zu, du kommst mit mir mit, wir gehen zur Polizei, du wirst ihnen alles erklären, in Ordnung? Es ist vielleicht nicht so schlimm. Wenn du ihnen wirklich alles erzählst, was passiert ist …«

»Nein.«

»Was?«

»Nein, ich habe das alles nicht getan, um ihn jetzt im Stich zu lassen.«

»Aber …«

Er hielt mich von sich weg, sah mich an, als würde er mich nicht wiedererkennen.

»Dann … was willst du?«

Ich fühlte mich wieder wie fünfzehn, als ich meine

Eltern von einer Entscheidung überzeugen musste, die sie missbilligten. Etwas Konkretes vorschlagen, Lösungen, einen Plan. Das beruhigt. Das vermittelt den Eindruck, man wüsste, was man tut, wohin es geht. Wenn man verloren ist, besteht die beste Strategie manchmal darin, eine Richtung einzuschlagen, egal welche, um zu vermeiden, dass man erstarrt bleibt, fremdbestimmt.

»Ich will hier eine Beerdigung organisieren, morgen, bei Sonnenuntergang. Ich will, dass du seine Frau und seinen Sohn holst und ihnen erklärst, dass es so geschehen wird und nach meinen Bedingungen, dass sie willkommen sind, ich mich aber nicht von hier wegbewegen werde. Ich will auch, dass Nina dabei ist. Und du natürlich. Ich möchte Blumen, schöne Blumen, keine Grabkränze, sondern Wildblumen, ich will Erde, Feuer, Sterne, richtige Gerüche, Zeit, so viel wir wollen, ein paar Worte an ihn, hausgemachte Tränen, keine künstliche Trauer vom Band, professionell und preiswert. Ich will einen Platz darin haben, darauf habe ich ein Recht, weil ich zu all denen gehöre, die ihn lieben, weil ich in dieser Sache nie jemandem etwas weggenommen habe.«

»Und danach?«

»Wonach?«

»Glaubst du wirklich, dass damit Schluss ist? Also, das werde ich dir doch wohl nicht sagen müssen, es gibt Gesetze, Sterbeurkunden, ein Register, die Polizei, man kann mit einer Leiche nicht machen, was man will.«

Er schaute mich prüfend an.

»Ist mir egal. Alles andere spielt keine Rolle. Das ist es, was ich will, danach zahle ich den Preis.«

Sonia lenkte ein, Jacky hereinzulassen, nicht ohne etwas über Disneyland und das Elend der Welt zu murmeln. Wir tranken schweigend ein erstes Glas Wein, Jacky mit gerunzelter Stirn, die Ellenbogen auf dem Schoß abgestützt, versunken in das Dilemma, in das ich ihn stürzte.

Ich dachte an M.s Körper direkt hinter der Steinmauer, an sein Bett aus Holzscheiten. Ich hätte ihn gern auf frische Laken gelegt, hier drinnen. Damit er seine letzte Nacht im Trockenen verbrachte, in ein sauberes Hemd gekleidet, während der Kerzenschein sein Gesicht streichelte. Morgen. Morgen würde ich mich um ihn kümmern. Das Grab musste fertig ausgehoben, dann alles vorbereitet werden. Ich musste ihn waschen, umziehen.

»Gut, ich muss los.«

Jacky stand auf. Unmöglich zu erraten, ob er eine Entscheidung getroffen hatte.

»Wie geht es ihr?«

»Was?«

»M.s Frau. In welchem Zustand ist sie?«

»Unter Schock, wie du dir denken kannst.«

»Zweifelt sie an meinem Brief? Hofft sie noch, dass er lebt?«

»Nein. Sie glaubt dir. Sie weiß, dass er tot ist. Und sein Sohn auch.«

Er ging zur Tür, den Blick zu Boden gerichtet.

»Sie hat mich gefragt, ob sie im Chalet übernachten kann. Ich habe zugesagt. Sie wollte den See sehen. Ich habe ihr nicht gesagt, dass du hier bist. Wenn du meine Meinung hören willst …«

Der Satz blieb in der Luft hängen.

»Ach, nichts.«

Endlich sah er mich an.

»Ich werde dir helfen. Was auch immer du beschließt. Ich bin an deiner Seite.«

Und er ging hinaus.

Wind war aufgekommen, sein Pfeifen beschwerte das Schweigen.

Sonia öffnete eine Schublade, holte ein Netz aus heller Baumwolle heraus, das sich, als sie es an zwei in der Wand fixierten Ringen befestigt hatte, als Hängematte entpuppte.

»Das ist alles, was ich dir anbieten kann.«

»Danke, das wird gehen.«

Ich sah zu, wie sie durch den Raum ging, eine Decke hervorholte, den Aschenbecher leerte, die Utensilien wegräumte, die auf dem Tisch liegen geblieben waren, Skalpell, Alkohol. Ihr nervöser, beweglicher Körper, ihre harmonischen Bewegungen.

Mir fiel ein, wie leicht sie mich neben dem Holzunterstand überwältigt hatte.

»Wo hast du gelernt zu kämpfen?«

Sie gähnte, zündete sich eine Zigarette an, fläzte sich auf einen Stuhl.

»Ich bin in einer Sekte aufgewachsen, nicht weit von hier. Ich bin nicht zur Schule gegangen, meine Kindheit war, sagen wir, speziell. Meine Mutter wollte, dass ich mich zu verteidigen weiß. Ich wurde in verschiedenen Kampfsportarten ausgebildet, in Waffenführung, in Überlebenstechniken in der Wildnis. Ich muss sagen, dass das schon oft nützlich war.«

»Sind sie es, vor denen du vorhin solche Angst hattest?«

Ihr Gesicht verschloss sich.

»Nein. Das ist eine andere Geschichte. Die Sekte wurde zum Teil zerschlagen, als ich ein Teenager war. Meine Mutter entkam, mein kleiner Bruder auch, aber viele Menschen sind tot. Es gibt keinen Grund mehr, Angst vor ihnen zu haben.«

»Ist sie das, auf dem Foto?«

»Ja.«

Sie stand auf.

»Na, ist das Verhör vorbei? Kann ich schlafen gehen?«

Erschlagen vom Alkohol, von der Tablette, den letzten Tagen, gelang es mir, zwei Stunden zu schlafen. Dann hörte ich Sonias gleichmäßigen Atemzügen zu, dem Knarren der Tannen über unseren Köpfen. Wie spät mochte es sein? Zwei, drei Uhr morgens?

Ich stellte mir Sie vor, ebenfalls wach. Vielleicht befanden Sie sich an der gleichen Stelle wie ich, vier Tage zuvor, an der Fensterfront, und betrachteten forschend den mondbeschienenen See, eine Erklärung fordernd. Ich versuchte Ihren Geruch zu erraten, den der Angst, zweier schlafloser Nächte, stiller Stunden im Auto, vielleicht den nach Alkohol.

Ich konnte nicht mehr auf den Sonnenaufgang warten, ich hatte es zu lange hinausgezögert, es war Zeit.

Umständlich stieg ich aus der Hängematte. Meinem Knöchel ging es besser, es gelang mir, Shorts und Turnschuhe anzuziehen. Sonia aufzuwecken war überflüssig, also schlich ich mich hinaus. Auf dem Weg zu meinem Auto jagten der Wald, die Nacht mir keine Angst mehr ein. Ich strich mit dem Daumen über M.s Zahn unter meiner Haut.

Mein Wagen sprang an, trotz der Kugel im Armaturenbrett. Das Navi war außer Gefecht.

Auf der Straße begegnete ich fast niemandem. Das Mondlicht überflutete den Gipfelschnee, bevor es an den bewaldeten Hängen versickerte. Ich würde gern behaupten, dass ich M.s Gegenwart fühlte, in der Stille, aber das stimmt nicht. Er war nicht mehr da. Ich konnte die Erinnerung an ihn wecken, mir vorstellen, wie er über den blassen Himmel staunt, mir die Hand aufs Knie legt, wie er es gerne tat, wenn ich fuhr, wie er mich auf den Hals küsst. Aber ich wusste, dass das in meinem Kopf geschah. Ich fragte mich, was die ersten Menschen empfunden haben müssen, vor den ersten Gräbern, den ersten Bestattungsritualen. Was fühlen Hunde oder Vögel? Wie lange brauchen sie, um ihre Toten zu vergessen? Falls sie sie vergessen.

Ich erreichte das Seehotel, alle Lichter waren aus. Ich hoffte, dass Jacky und Liliane schlafen konnten.

Ich beschloss, das Auto stehen zu lassen und zu Fuß weiterzugehen. Um Zeit zu schinden? Bestimmt. Ich fürchtete diesen Augenblick seit dem Beginn meiner Beziehung mit M. Wie oft habe ich mir vorgestellt, wie Sie an meiner Tür klingeln, zerzaust und zornig. Oder, noch schlimmer, würdevoll und eiskalt. Ich weiß über Sie nur, was M. mir erzählt hat. Einmal habe ich versucht, Ihr Profil auf Instagram anzuschauen. Fotos von Ihnen im Badeanzug an einem

Pool, neben Ihrem Sohn, wahrscheinlich von M. aufgenommen, sprangen mir ins Gesicht. Ich hörte sofort auf, hochrot und beschämt. Beschämt, weil ich in diese Intimsphäre eingedrungen war, obwohl Sie diese selbst zugänglich gemacht hatten. Weil diese Fotos nicht für meine Augen bestimmt waren. Beim Posten haben Sie bestimmt an Ihre Freunde, Ihre Familie, vielleicht Ihre Kollegen gedacht, nicht an die Geliebte Ihres Mannes. Ich hatte kein Recht, sie anzuschauen.

Ich weiß kaum, wie Sie aussehen, kenne den Klang Ihrer Stimme nicht, weder Ihren Geruch noch Ihren Blick. Das erwartete mich da oben, mit Ihrer Wut und Ihrer Verzweiflung. Trotzdem fühlte ich mich stabil, erleichtert. Mir wurde klar, dass das, was für mich zu Ende ging, für Sie gerade erst begann. Verzweiflung, Chaos, Leere. Es war ungerecht. Aber so war es eben. Ich beobachtete diese Mischung aus Gelassenheit und Dankbarkeit in mir, wie eine neue Lebensform. Meinen wachen, abgemagerten, leichten Körper. Ich würde die Worte finden, wie auch immer Ihre Reaktion aussehen würde.

Als er Sie zu Beginn unserer Beziehung erwähnte, fiel es M. schwer, vor mir Ihren Vornamen auszusprechen. Als riskierte er, Sie dadurch herbeizuzaubern. Er sagte »Madame« oder »eine gewisse Person«. Sie mussten ätherisch bleiben, körperlos, ein Gedanke. Wie ein Gemälde, bei dem ein Teil des Dargestellten hinter einem Vorhang verborgen bleibt. Ich habe nie gewusst, wen er auf diese Weise zu schützen versuchte, sich selbst, Sie oder mich. Wahrscheinlich uns alle drei. Manchmal war mir das recht, manchmal sprach ich Ihren Namen selbst aus. Camille. Ich kam mir dann auf absurde Weise integer vor. Als würde die Nennung Ihres Namens ein Gleichgewicht schaffen. Dabei war diese Schlacht von vornherein verloren. Unsere Liebe beruhte auf einer Lüge, wozu sollte ich innerhalb dessen moralische Regeln erfinden? Oder war das meine Art, mich an der Wirklichkeit festzukrallen, mich dagegen zu wehren, dass die Lüge zwischen M. und mir Einzug hielt? Als würde ich sagen »zwischen uns nicht«. Ich weiß es nicht. Camille. Ich brauche es, Ihren Vornamen auszusprechen. Ich murmelte ihn vor mich hin, während ich den Geröllweg hinaufstieg. Der mineralische, leere Geruch des Sees stieg mir bereits in die Nase. Ich nahm den Unterschied zu dem des unteren Sees wahr, der nach Schlamm, Forelle, Leben riecht.

Der Weg führte nicht mehr bergauf, ich hatte das Plateau erreicht. Das dunkle Wasser und das Chalet tauchten in der Nacht auf. Mir war, als hätte ich diesen Ort schon vor Monaten verlassen. In Wahrheit war es drei Tage her. Camille.

Eines Tages werde ich vielleicht begreifen, warum ich umgekehrt bin. Man könnte darin eine Anwandlung von Klarheit sehen, das Einbrechen der Wirklichkeit, die Rückkehr zur Vernunft. Ich würde eher von Feigheit sprechen. Als dürften M.s zwei Leben nicht in Kontakt treten, als würden sie sich magnetisch abstoßen, als würden Sie und ich uns in Paralleldimensionen bewegen, die sich nicht treffen können. Die Therapeutin, zu der mich Audrey jede Woche zwingt, spricht vom »plötzlichen Abbruch eines psychotischen Anfalls«. Man kann es nennen, wie man will. Platt ausgedrückt war ich bereit, wusste endlich, was ich zu tun hatte. Was mir richtig erschien. Ich hatte das Bedürfnis, mich an die Meinen zu wenden, mich in den Schoß meiner Familie zu begeben, wo M. nicht war, mich auffangen zu lassen.

Ich ging wieder hinunter zum Hotel, zu Jacky. Zusammengekauert wartete ich auf der Terrasse, bis es über dem See hell wurde, den Blick auf das schwarze Gebirgsmassiv gegenüber gerichtet, diese Felsenmonster, die dem Ozean vor Millionen von Jahren entrissen worden waren. Ich dachte an das Flugzeug, das ein paar Kilometer von hier abgestürzt war, von einem depressiven Piloten absichtlich gegen einen Felsen gelenkt. Ich versuchte mir die Panik der Passagiere, der Kinder vorzustellen. Ich hoffte, dass sie jemand angelogen hat, ihnen erzählt, dass es nur eine Übung oder eine Vorführung sei. Während ich zusah, wie der Himmel sich rosa färbte, glaubte ich den Berg schreien zu hören, als befreite er sich von all dem Leid, das er in Millionen von Jahren hatte mitansehen müssen.

Ich schaute hinunter ins Tal, das noch im Dunkeln lag. Wie viele Vergewaltigungen fanden dort gerade statt? Wie viele zusammengebissene Zähne, unterdrückte Tränen, wie viel heruntergeschluckte Furcht? Wie viele Kinder mit Geheimnissen, die zu groß für sie waren?

Das Geräusch eines Wagens, der auf den Hotelparkplatz einbog, riss mich aus meinen Gedanken. Er blieb neben meinem stehen, und ich beugte mich vor, um ihn besser zu sehen. Es war Romains.

Nachdem Jacky ihn am Vortag informiert hatte, war Romain mit Nina ins Auto gesprungen und die Nacht durchgefahren. Zu dritt begleiteten sie mich zu Sonia. Sie breitete ein schwarzes Laken auf dem Boden ihres Hauses aus. Weiß wäre mir lieber gewesen. Wir gingen zu dem Unterstand, wo wir M. gelassen hatten.

Romain nahm meine Hand, ohne mich anzusehen, als müsste seine Geste auf körperlicher Ebene bleiben, um ihn nicht zu sehr aus der Bahn zu werfen. Wie spät mochte es sein? Sonia war bei unserem Eintreffen schon auf, aber sie gehört bestimmt zu denen, die mit den Vögeln erwachen. Was machte sie hier? Wie sah ihr Alltag aus? Langweilte sie sich? Ich vermute, dass unsere Gegenwart sie weniger störte, als sie vorgab. Nina hielt sich zurück, wirkte verloren. Ich konnte mich in dem Moment nicht um sie kümmern, aber ich ertappte mich dabei, wie ich mich über ihre Verletzlichkeit freute, sie blieb mein Kind, vielleicht noch für ein paar Jahre.

Die Plane musste entfernt werden, ich bat Nina wegzugehen. Mehrere Fliegen schreckten auf. Sonia hatte recht, sie taten nur ihre Arbeit. Wir nahmen jeder eine Ecke der Plane und trugen M. ins Haus. Ich hob ihn unter den Achseln an, wie ich es drei Tage zuvor getan hatte, und ließ ihn mit Sonias Hilfe auf das Laken gleiten. Jacky versuchte gar nicht erst, seine Tränen zu verbergen. Romain ging hinaus.

M.s Kleider waren zerknittert, feucht, zwischen seinen Beinen war ein dunkler Fleck. Der Geruch war grässlich.

»Ich möchte ihn umziehen.«

Sonia und Jacky nickten und gingen ebenfalls hinaus. Ich öffnete den Koffer, schob meine Nase in einen seiner Pullis, in dem sein Parfum bis dahin überdauert hatte. Seine Feuchtigkeitscreme, sein Gel, seine Seife, sein Aftershave. Ich nahm alles aus seinem Kulturbeutel, reihte es neben ihm auf. Unten im Koffer lag noch ein sauberes Hemd.

Ich legte seine Arme über seinen Kopf, was komisch aussah, als würde er tanzen. Durch seinen halb offenen Mund war die Stelle zu sehen, an der der Zahn fehlte. Ich schob sein T-Shirt hoch. Beim ersten Mal waren meine Handgriffe sicherer gewesen. Grünliche Flecken waren zwischen dem Bauchnabel und dem Schambein aufgetaucht, der Stelle, die ich gern küsste, wenn ich seine Jeans aufknöpfte. Ich zog am Ausschnitt des T-Shirts, um ihn zu weiten und ihn über die Nase zu ziehen, ohne hängen zu bleiben. Alles an ihm erschien mir nun so zerbrechlich. Ich kämpfte gegen den Gedanken an später, an den nächsten Tag, an meine Wohnung, in der er hauste, ohne sie zu bewohnen.

Ich knöpfte seine Hose auf. Eine Geste, die ich so viele Male vollführt hatte. Ich sah ihn wieder mit halb geschlossenen Augen vor mir, die Arme um den Kopf gelegt, ein leichtes Lächeln auf den Lippen. Das geschwollene Glied unter dem dicken Stoff. Ich zog sie die Beine herunter, ebenso die Boxershorts. Schwarze Flüssigkeit trat heraus. Ich atmete nur durch den Mund, roch sie aber trotzdem. Ich nahm die Wanne mit meinen matschigen Kleidern vom Vortag, die ich mit denen von M. vor das Haus warf. Was würde ich mit ihnen machen? Mit meinen, denen von M.? Hätte ich die Kraft, sie mitzunehmen? Zu waschen? Die Vorstellung, Kleider von M. zu besitzen, gefiel mir. Wir würden sehen, dachte ich, am Ende habe ich sie vergessen. Ich nehme an, Sonia hat sie weggeworfen.

Ich füllte die Wanne mit warmem Wasser und kniete mich neben ihn, um ihn abzuseifen. Zu Beginn unserer Beziehung wuschen wir uns gern gegenseitig unter der Dusche, ich weiß nicht, warum wir uns das abgewöhnt haben. Ich begann mit seinem Gesicht. Sein Bart schien seit seinem Tod gewachsen zu sein. Aus einer Krimiserie weiß ich, dass das Nachwachsen der Barthaare nach dem Tod eine Legende ist. Die Haut zieht sich lediglich zusammen, wegen der Dehydrierung, und legt den unteren Teil der Härchen frei, sodass sie länger wirken. Die dunklen Flecken, die sich an der Rückseite seiner Arme vermehrt hatten, beeindruckten mich nicht mehr. Als Letztes kamen die Beine dran, wobei ich versuchte, sein Becken so wenig wie möglich zu bewegen, um weiteres Ausfließen zu verhindern.

Nachdem ich ihn mit einem Handtuch vorsichtig trocken getupft hatte, verteilte ich ein wenig Creme auf seinem Oberkörper und seinem Gesicht. Die Düfte, die sich unter den Gestank mischten, wühlten mich auf. Sie habe ich behalten. Seine Creme, sein Aftershave, sein Deodorant. Ich traue mich nicht, sie zu öffnen, sie sind in meinem verschlossenen Koffer an der Zimmertür.

Ich verweilte bei seinen Händen mit den schwarz angelaufenen Nägeln, versuchte, Zeit zu gewinnen. Ich schaffte es nicht mehr, mit ihm zu sprechen.

Ich küsste ein letztes Mal seine Stirn. Dann schlug ich von beiden Seiten das Laken über ihn und er verschwand für immer.

Sonia kam und half mir, drei Schnüre festzubinden, eine um seinen Hals, eine um seine Taille und eine um seine Knöchel, um das Laken an Ort und Stelle zu halten. Dann trugen wir ihn zu Jackys Pickup, auf dessen Ladefläche er ein altes Boot mit halb abgeblätterter grüner Lasur befestigt hatte. Mit Romains und Jackys Hilfe legten wir M. hinein und zogen eine Plane über ihn.

Jacky parkte seinen Pick-up am Ufer des oberen Sees. Mit Romain, Nina und Sonia lud ich das Boot ab und zog es an den Kiesstrand. M.s Leichnam ruhte in seinem schwarzen Leichentuch auf dem Boden des Bootes, zu seinen Füßen lag sein Koffer. Während ich ihn bei Sonia angezogen hatte, war Nina Wildblumen sammeln gegangen. Sie kniete sich neben mich, um sie um M. herumzulegen.

Mit erstickter Stimme nannte sie mir ihre Namen.

»Das da ist Schmalblättriges Wollgras, siehst du, es sieht ein bisschen aus wie Baumwolle und wächst auf feuchten Böden, an Flussufern oder in Schluchten, es blüht bis Juli.«

Die Erwähnung des Julis wühlte mich auf. Ja, es würde Juli werden. Ohne M. Ich würde Urlaub machen, von dem ich ihm nicht erzählen könnte.

In Wahrheit erzähle ich ihm immer noch alles, und er antwortet mir weiter, seit meiner Rückkehr spreche ich nur mit ihm. Ein Dialog in meinem Kopf, was nicht das Gleiche ist, aber ich habe mich daran gewöhnt.

»Das da ist Wolfsmilch, das Gemeiner Bärenklau.« Ninas Stimme zitterte.

»Das hier ist eine Alpenanemone, glaube ich, aber ich bin nicht sicher, die violetten Dinger sind Steinbrech. Bei der hier haben wir Glück, sie ist ein wenig früh dran, das ist Bergbaldrian.«

Sie verstummte und schaute zum Chalet auf der anderen Seite des Sees. Sie waren auf der Terrasse erschienen, vor der Glastür, neben Sam. Ich fand, dass Sie klein aussahen, vielleicht so klein wie ich. Kurze schwarze Haare, elegant in Sportschuhen. Natürlich hatte ich Sie schon auf Fotos gesehen, aber die Wirklichkeit überrascht immer. Von Weitem sah Sam wie sein Vater aus. Wenn ich gewollt hätte, hätte ich mir leicht einreden können, dass da M. stand, wenige Meter entfernt, mit seiner schmalen, gekrümmten Gestalt. Sie hielten sich an den Händen, uns zugewandt, dem, was Sie erwartete.

Sie wirkten so verletzlich auf mich zu zweit, während wir zu fünft waren. Man hätte meinen können, wir wären zwei Armeen, die sich in einem asymmetrischen Kräfteverhältnis gegenüberstanden. M. musste nun zu Ihnen hinüber, damit Sie weniger allein wären. Mein Lager verlassen, um in Ihres zu wechseln.

In dem Moment wusste ich, dass ich Ihnen irgendwann diesen Brief schreiben würde, dass ich versuchen würde, Ihnen mit Worten die Tage zurückzugeben, an denen ich Ihnen M. gestohlen habe. Ich wusste bereits, dass dies nichts reparieren oder ausgleichen würde, aber da muss ich durch.

Ich schob das Boot aufs Wasser, hielt es mit den Fingerspitzen fest. In einem amerikanischen Film hätte jemand angefangen zu singen. Dann hätte irgendein Typ eine Gitarre hervorgeholt, alles hätte ein bisschen mehr Wumms gehabt. Aber es war kein amerikanischer Film.

Jacky öffnete die Türen des Pick-ups. Ich konnte M. nicht ohne Musik verabschieden. Ich bat ihn um ›Thank you‹ von Dido.

Ich habe dir sicher nicht genügend gedankt, mein Liebster. Man vergisst immer, Danke zu sagen, man sagt, »ich liebe dich«, und glaubt, das genügt. Also danke, für alles, was du bereits weißt, dafür, dass du mir geholfen hast, zu realisieren, dass ich etwas anderes bin als ein sexy Mädchen in Shorts, danke, dass du meine Muskeln, meine Stärke, meine Aggressivität geliebt hast, über meine unlustigen Witze gelacht, mein Bedürfnis nach Einsamkeit akzeptiert hast, danke, dass du mich mitten auf der Straße geküsst hast, für den Sex, den wir gemeinsam neu gelernt haben. Danke für deine Zerbrechlichkeit. Danke, dass bescheuerte Beziehungsspielchen bei uns keinen Platz hatten, die Eifersucht, die Besitzansprüche, das Beweiseschwenken, danke, dass du in mir eine Verbündete gesehen hast, keine Gegnerin, danke, dass du mein bester Freund geworden bist. *Au revoir, mon amour.*

Sachte schob ich das Boot an.

Auf der anderen Seite des Sees Ihre eisige Starre. Sie warteten darauf, dass wir gingen.

Mein Daumen streichelte M.s Zahn unter meiner Haut.

Didos Song endete, die Stille traf mich wie eine Ohrfeige. Jacky trat zu mir, berührte meine Schulter.

»Ich bleibe bei ihnen. Romain bringt dich nach Hause.«

Das Boot trieb fast unmerklich davon. Ich dachte an die Frau am Strand. Ich nahm an, dass sie auch auf dem Heimweg war. Es war Samstag. Alle mussten aus den Ferienwohnungen raus. Am Montag würden wir wieder arbeiten. Am Montag würde das Leben wieder anfangen.

Nun wissen Sie alles. Beziehungzweise habe ich Ihnen alles mitgeteilt, was ich wissen kann. Wie einen geschlagenen Hund habe ich Ihnen diese beschädigte, beschmutzte, aber kraftvolle Sache zu Füßen gelegt, die Gewissheit, dass M. Sie geliebt hat.

Indem ich die Vergangenheit, unsere Geschichte, meine Geschichte darlege, so habe ich gehofft, würde ich verstehen, was zu diesem sechstägigen Irrsinn geführt hat. Meine Fehler erkennen. Meine Therapeutin spricht von einer posttraumatischen Psychose. Ich weiß nicht einmal, ob sie ein Diplom hat.

Die Wahrheit ist, dass ich nicht mehr darüber weiß als zuvor und dass ich erschöpft bin. Dass ich nicht weiß, wie ich mir selbst begegnen soll, ob mit Mitgefühl oder Strenge. Aber das ist nicht Ihr Problem. Und es wird mir M. nicht zurückbringen. Es wird Ihnen M. nicht zurückbringen. Vielleicht ist das Einzige, was in diesem Meer aus Müdigkeit und Unbegreiflichkeit zählt, dass ich den Mann verloren habe, den ich liebte, und Sie auch, und somit Nachsicht und Verständnis gefragt sind.

Audrey hat mir gesagt, dass Sie davon absehen, Anzeige gegen mich zu erstatten.

Ich weiß nicht, ob ich Ihnen danken soll.

Es wäre mir lieber gewesen, glaube ich, wenn diese Geschichte greifbare Konsequenzen für mein Leben gehabt hätte, wenn es auf den Kopf gestellt worden wäre, andere über meinen Fall gestritten, mich verurteilt, ein Urteil gesprochen hätten. Ich bin weder masochistisch, noch geht es mir um Buße, aber mich dem Urteil einer Institution zu unterwerfen hätte mich vielleicht davon befreit, die Antworten bei mir selbst zu suchen. Und es hätte mich beschäftigt. Nun bleibt nur die monströse Leere, die M. hinterlassen hat.

Mehr als je zuvor hoffe ich, dass jemand Sie in den Arm nimmt, wenn Sie Trost brauchen.

Ich höre Audrey nach Hause kommen. Draußen regnet es in Strömen, ihre Haare sind bestimmt nass. Ich könnte ihr ein Handtuch bringen. Ich glaube, sie braucht mich.

Ich umarme Sie,

S.

SOUNDTRACK

Zum Schreiben brauche ich Musik. Sie hilft mir, auf die andere Seite, in die Welt des Romans zu gelangen. Für gewöhnlich habe ich zwei Playlists, eine mit Metal für den Morgen und eine mit Klassik für den Nachmittag. Für dieses Buch hatte ich das Bedürfnis, eine neue anzulegen, eine ganz exklusive, damit der Klang und die Atmosphäre des Romans zusammenpassen. Sie hat sich weiterentwickelt, während die Erzählung Gestalt annahm, sodass ich nicht mehr weiß, ob die Playlist die Geschichte geformt hat oder umgekehrt. Sie sind miteinander verwachsen, wie der Stamm einer Pflanze manchmal die angebrachte Stütze in sich aufnimmt. Ich teile hier die ganze Liste, damit die Songs euch beim (Wieder-) Lesen des Buchs begleiten können, wenn euch das reizt. Ihr findet sie vollständig und in der richtigen Reihenfolge auf einer bekannten Streaming-Plattform.

›Immortels‹

Dominique A – *La Musique/La Matière*

›Love Letter‹

Nick Cave and the Bad Seeds – *No More Shall We Part*

›Something on Your Mind‹

Karen Dalton – *In My Own Time*

›Too Many Birds‹

Bill Callahan – *Sometimes I Wish We Were an Eagle*

›Make You Feel My Love‹

Ane Brun – *Leave Me Breathless*

›Astral Plane‹

Valerie June – *The Order of Time*

›Where Is My Love‹

Cat Power – *The Greatest*

›L'autre bout du monde‹

Emily Loizeau – *L'autre bout du monde*

›Into My Arms‹

Nick Cave and the Bad Seeds – *The Boatman's Call*

›Famous Blue Raincoat‹

Leonard Cohen – *Songs of Love and Hate*

›Isn't It a Pity‹

Nina Simone – *Emergency Ward*

›Every Time the Sun Comes Up‹

Sharon Van Etten – *Are We There*

›Lilac Wine‹

Nina Simone – *Wild Is the Wind*

›Blue Moon Revisited‹

Cowboy Junkies – *The Trinity Session*

›Imagining My Man‹

Aldous Harding – *Party*

›Wild Is the Wind‹

Cat Power – *The Covers Record*

›Kiss Me‹

An Pierlé – *Helium Sunset*

›Coming Back to You‹

Leonard Cohen – *Various Positions*

›Vanishing Act‹

Lou Reed – *The Raven*

›Walzer für Niemand‹

Sophie Hunger – *Monday's Ghost*

›The Road‹

Nick Cave, Warren Ellis – *The Road*

›Poetry: How Does It Feel?‹

Akua Naru – *The Journey Aflame*

›Reason to Believe‹

Karen Dalton – *1966*

›Roses & Wine‹

ALA.NI – *You & I*

›Werewolf‹

Cat Power – *You Are Free*

›Mud Stories‹

An Pierlé – *Mud Stories*

›We are Fine‹

Sharon Van Etten – *Tramp*

›Most of the Time‹

Bob Dylan – *Oh Mercy*

›Harvest Moon‹
Jane Birkin – *Fictions*

›I'd Like to Walk Around in Your Mind‹
Vashti Bunyan – *Just Another Diamond Day*

›Lay Your Head Down‹
Keren Ann – *Keren Ann*

›The Summer Wind‹
Madeleine Peyroux – *Half the Perfect World*

›Treaty‹
Leonard Cohen – *You Want It Darker*

›Hey, That's No Way to Say Goodbye‹
Roberta Flack – *First Take*

›Oh! My Mama‹
Alela Diane – *The Pirate's Gospel*

›The Man I Love‹
Billie Holiday – *Lady Day: The Complete Billie Holiday on Columbia*

›Save Me‹
Aimee Mann – *Magnolia*

›Right as Rain‹
dEUS – *Worst Case Scenario*

›Dark End of the Street‹
Cat Power – *Dark End of the Street*

›Troubled Waters‹
Cat Power – *The Covers Record*

›Fourth of July‹
Sufjan Stevens – *Carrie & Lowell*

›Far From Me‹
Nick Cave and the Bad Seeds – *The Boatman's Call*

›Between the Bars‹

Madeleine Peyroux – *Careless Love*

›Mysteries‹

Beth Gibbons, Rustin Man – *Out of Season*

›Au revoir mon amour‹

Dominique A – *Éléor*

›Thank You‹

Dido – *Sliding Doors*

›Morning Sun‹

Melody Gardot – *Currency of Man*

Dank an Nicolas Florence,
Geoffrey Lambert, Lila Sputael
und Thomas Gunzig für ihre
unendlich kostbare Hilfe.

Adeline Dieudonné